GARIMPO DE ALMAS

STEPAN NERCESSIAN

GARIMPO DE ALMAS

TORÐSILHAS

Ao dr. Eurípedes Barsanulfo.
Aos que me ajudaram a viver até aqui.
Aos que me ensinaram tudo o que sei
e o que não sei ainda.

Muitas histórias a respeito dele mesmo
Cacá Diegues

Quando *Garimpo de almas* me chegou às mãos, tomei um susto e não consegui parar de ler. Não que eu o tivesse subestimado, mas porque ele é diferente e muito melhor do que tudo que imaginei que seria. Com estilo sólido e original, o livro carrega uma marca autoral, o que já seria suficiente na nossa literatura contemporânea: pessimista, tenso, com humor sarcástico e amargo, cheio de referências ao que poderia ser tenebroso (mas não é). Sobretudo com um tipo de humor que não chega a ser engraçado, mas faz rir por seus absurdos. E até pela compaixão que podemos sentir pelos personagens. Atenção: eu disse compaixão, e não piedade.

E assim mergulhamos neste garimpo inquietante: "Tenho inventado muitas histórias a meu respeito. Algumas boas, outras ruins. Ora apareço como herói intergaláctico, inverossímil, ora como um elemento reles, vil". Ao longo destas páginas, o leitor vai entender como suas histórias ilustram, inspiram e aborrecem o autor.

A mente do escritor (eu ia dizer poeta) Stepan Nercessian é, antes de tudo, uma mente brasileira de colonização carioca, capaz de rir do que lhe faz mal, como nossos melhores sambistas, chargistas e escritores. Como o enorme Lima Barreto. Ou Marques Rebelo, talvez. O movimento do nosso autor pode ter duas direções distintas, sempre com as mesmas consequências — ou ele parte de uma desgraceira danada para rir-se dela ou começa rindo da realidade banal para depois elevá-la a tragédia.

Tome como duplo exemplo sua dúvida quanto a festas de aniversário: "Não entendo por que apagar a vela. [...] Vela apagada combina mais com morte, com fim, do que com vida. Mesmo sem concordar, assopro e assim venho apagando velas ao longo da vida".

No decorrer de seu texto, Stepan Nercessian vem apagando velas, nem sempre só de aniversário, cultivando uma certa melancolia que não é só tristeza. Uma melancolia que ele vai avacalhando até as últimas orações (eu ia dizer versos) do que escreve, como se precisasse deixá-la ser vencida pelo que não previu, um protesto contra o que se definiu equivocadamente como vida. Em outro contexto, Stepan Nercessian pratica o que o poeta Jorge de Lima proclamava no seu pequeno e denso ensaio "Todos cantam sua terra", de 1929, como uma tendência genérica do lirismo brasileiro: "a alegria de ser triste".

"Pai, eu estou bem." Começa a mensagem da filha desparecida. "Não me procure, pois não me achará tão cedo. Estou em 1789, em Minas Gerais, em um congresso extraordinário, o Primeiro Encontro de Mulheres de Todos os Tempos."

Stepan Nercessian não vacila em fazer-se encontrar, em sua ficção de súbito alijada do real convencional, através da história de uma moça que pode muito bem amar seu pai, convivendo com famílias imperiais, com rainhas e princesas. Com ela está Domitila, amante de D. Pedro, ao lado da Imperatriz Leopoldina, esposa de D. Pedro, e da Princesa Isabel, que conversa com Carolina Maria de Jesus, uma preta de favela que, catando lixo e colecionando recortes, acabou por escrever um livro. Joana Angélica, Anita Garibaldi, Madre Teresa de Calcutá e Marielle buscam respostas para os crimes sem explicação. Mas também estão presentes "jovens modelos magérrimas e celebridades malhadas, corpos modificados por vitaminas e sais minerais". A festa será estonteante.

Stepan Nercessian chegou ao Rio de Janeiro nos anos 1960 para filmar *Marcelo Zona Sul*, filme juvenil dirigido por Xavier de Oliveira. Nasceu em Goiás, no município de Cristalina, em 1953. Tornou-se um ator de muitas faces, do jovem amante de Xica da Silva ao sofredor responsável pelos risos amargos de Abelardo Barbosa, em *Chacrinha: o velho guerreiro*, belo filme dirigido por Andrucha Waddington.

No primeiro filme que fiz com ele (nunca mais quero fazer filmes se ele não estiver no elenco!), Stepan Nercessian interpretava um jovem conquistador, o rapaz que produzia amor, um amor que era capaz de salvar a todos, resolvendo a crise em que os personagens em volta viviam. Paradigma de jovem ator do cinema brasileiro, ele se tornou uma espécie de alívio garantido cada vez que a falsa seriedade se tornava, sem querer, tristeza. No que escreve, ele nos lembra constantemente dessa qualidade.

Rio, novembro de 2020

Tenho inventado muitas histórias a meu respeito. Algumas boas, outras ruins. Ora apareço como herói intergaláctico, inverossímil, ora como um elemento reles, vil. Transito entre extremos, evitando o centro, e talvez seja no centro que resida o meu verdadeiro eu. O centro é sem graça, sem brilho, previsível e tedioso.

O que sou de fato não é para ser mostrado. A minha função é ser depósito de minhas próprias ilusões. Quem se interessaria por um mero homem, de idade avançada, que come e dorme, nada mais que isso?

Apegado a vícios rotineiros, sem fleuma, vícios de gente medrosa, vícios de quem tem medo de vícios. Fumo e bebo. Bebo muito. Bebo até apagar, esquecer quem sou e quem não sou. Sou viciado em covardias.

Tenho unhas sujas, dentes amarelados e não desperto desejo sexual em mais ninguém. Um cachorro no cio, porém castrado. Meu saldo bancário é um retrato falado de minha existência: ridículo, negativado, tosco.

Não custa lembrar que nem sempre fui assim. Já tive olhos vivos, respiração correta. Meus cabelos lisos voavam quando eu descia ladeiras equilibrado em uma bicicleta, comprada com o suor de meu rosto, suor de trabalhador infantil. Já fui útil, simples, normal e feliz. Tive muitos amigos, era querido, esperado, comentado e íntegro.

As meninas me comparavam com artistas famosos. Eu era a cara de Elvis Presley, eu tinha uma pinta no rosto tal qual a Rita Hayworth, que nem sequer tinha pinta no rosto, eu falava bem, feito um Juscelino Kubitschek de Oliveira e, mesmo ruim de bola, tinha vaga no time.

Fui menino de sorte, daqueles que achavam dinheiro na rua. Mais que isso: achei pulseira de ouro, linda, ouro legítimo. Sorte em quilates. Da vida, nada tenho a reclamar, reclamo é do que fiz com ela.

Acho uma sacanagem ter que esperar o tempo passar para poder olhar para trás. Isso só produz mágoas e arrependimentos. Seria bom poder corrigir a vida aos poucos, à medida que ela fosse acontecendo. Errou, passa uma borracha, apaga, volta uma casa, joga os dados novamente, segue em frente. Mas não é assim que a banda toca. A regra do jogo é enfrentar tormentos, carregar fardos, pisar em espinhos, salgar feridas e, para cada punhadinho de festa, toneladas de dor.

Assim fui vivendo, gastando tempo, desperdiçando emoções, amando e machucando muitas pessoas, sendo amado e machucado por tantas outras. Hoje, só me arrependo do futuro.

¡ij

Precisei garimpar palavras, sons, gestos. Buscar sinais vitais, vestígios que me fizessem lembrar o que era ser gente. Dediquei tardes aos cultos religiosos e madrugadas ao ofício sexual. Por onde andei havia tristeza, medo, doenças contagiosas e melancolia. Em que caverna estaria o mapa do meu passado, qual seria de fato a minha verdadeira biografia?

Na aula de Geografia, o professor ensinou que ilha era um pedaço de terra cercado de água por todos os lados. Viver me ensinava que vida era um pedaço de tempo cercado de morte por todos os lados, e eu percebia que o homem era uma ilha cercada de tédio por todos os lados – e eu estava só.

A rotina é a carcereira da existência, coveira dos sonhos. Nada mais lacônico, triste e desanimador que uma vida sem surpresas.

ııı

Ontem foi meu aniversário. Não me levantei da cama. Estive sozinho na véspera e estou sozinho agora. As dores no peito e a dormência nas pernas estão insuportáveis. O pó de café acabou, e aproveitei a borra que estava no coador para passar outro. Gosto horrível, intragável, fraco e deprimente, tal qual o aniversariante.

O telefone foi cortado por falta de pagamento. Mas que falta pode me fazer o telefone se as últimas ligações vieram justamente da companhia telefônica, avisando que a conta seria bloqueada? Melhor assim. Com o dinheiro curto, dei preferência aos analgésicos (esses, ao menos, me aliviam temporariamente a dor).

José, o porteiro, deixou de falar comigo e coloca a correspondência por baixo da porta. Deixou de falar comigo, porque o síndico o convenceu de que não podia aumentar o seu salário devido à inadimplência de moradores relapsos como eu. O Zé acreditou e diz para todo mundo que sou o maior filho da puta. Talvez o Zé tenha razão.

Os trajes estão se modificando e os costumes também. A natureza muda seus contornos conforme vai sendo pisada e usada. As montanhas se achatam e viram vales. Vales são montanhas deprimidas, vales de solidão. É possível que eu esteja me modificando junto com as coisas, mas também é possível que eu tenha sido mais que um, mais que dez, mais que mil. Sou homem, menina moça e ainda serei virgem dos infernos.

A praga pegou. Não tive muitas felicidades, mas muitos anos de vida, sim. Dia do meu aniversário, que dia tão feliz. Estou só, mas nem sempre foi assim. Olho a fotografia na parede e vejo todos em volta da mesa. Azeitona, queijo e salsicha espetados no palito, garrafas gigantes de refrigerante, fatias de bolo, copos de papel e uma vela azul que apaguei com o sopro forte de um pulmão inocente e limpo.

Não entendo por que apagar a vela. Muitos anos de vida e apago a vela. Vela apagada combina mais com morte, com fim, do que com vida. Mesmo sem concordar, assopro e assim venho apagando velas ao longo da vida. Por quê?

Ganhei uma chuteira preta, uma bola de cobertão número 5, short azul, camisa amarela da seleção. Ganhei uma cueca, um par de meias Lupo, um cortador de unhas, chicletes, um livro, lápis de cor, chocolate, brilhantina e o olhar apaixonado de Sueli.

Foi uma festinha barata, simples, mas feita com muito carinho, afirmava minha mãe. Para cortar o bolo era preciso esperar a chegada do meu pai. Ele nunca chegava na hora, mas, quando chegava, compensava o atraso com um caminhão de beijos e sorrisos. Meu pai me deixou saudades.

Do bolo para a rua. Eufórico, dei o primeiro chute na bola nova, para o alto. Pisei no cadarço da chuteira e me estabaquei no chão. Ralei joelhos, cotovelo, nariz e os lábios que Sueli não beijou. O cheiro do bolo deu lugar ao iodo, mercúrio e lágrimas.

As festas foram se repetindo. Mudavam os presentes e os presentes que os presentes me davam. Mudava a comida, a bebida e mudavam os ausentes. Os ausentes acabaram por formar a maioria absoluta e, hoje, superlotam esse quarto infecto de um aniversariante a quem ninguém mais deseja muitos anos de vida, nem ele mesmo.

A realidade é minha inimiga. Ela me tolhe, me inibe. Não suporto ser apenas o que sou e, por isso, vim habitar a casa da imaginação. Neste momento em que a fome dilacera minhas vísceras e a sede atormenta minha alma, viajo, fujo da peçonhenta realidade e aterrisso, leve e garboso, na terra do que posso ser. Minha realidade é a mentira, e vou mentir até que realidade ela seja.

Eu era menino e chorava o desconforto das fraldas molhadas, como choro hoje as saudades do que já fui. Derramo nos copos da frustração lágrimas inexpressivas, sem sal, e finjo que não vejo olhares que não me veem, apenas observam, criticam, desprezam.

Projeto-me para longe e aqui estou, sentado na primeira cadeira da primeira fila desse primeiro ano de ginásio. Demonstro a todos o desejo de aprender a lição. Álgebra, números múltiplos, máximos e mínimos, divisor comum. Elevar tudo à quarta potência, fracionar, fatores, geometrias inúteis para o desenho tortuoso de uma vida. Matemática me reprova, me tortura. Matemática me batiza de incompetente e dita a sentença cruel: quem não sabe fração não saberá nada, nunca.

Mas quem sabe serei salvo pela linda e delicada professora de Português? Quem sabe?

E foi ligada uma turbina de jato no meu pequeno coração adolescente. O sangue veio para a garganta com a força de um estrangulamento. Pernas bambas, pensamentos trêmulos. Amor, paixão. O quadro-negro, o apagador, o giz. Assisto aos lábios da professora, mergulho em seus olhos, viajo entre suas pernas, beijo os seus seios e não me concentro mais na matéria.

Analisar morfologicamente a frase "o estudo é a luz da vida". Sujeito, predicado, verbo. Análise morfológica é como um açougueiro descarnando uma novilha, pedaço por pedaço, buscando a intimidade das partes. Os verbos transitivos diretos, indiretos e eu amando em segredo minha professorinha, sonhando com uma aprovação. Se existe paixão, ela frequentou comigo as aulas de Português.

Quando me lembro do mundo, no meio dele aparece um parque de diversões. Não são cenas de guerra ou de crianças famintas. Não tem glamour, autoridades apertando as mãos. Não tem tratados de paz, guilhotinas nem grandes incêndios. Quando me lembro do mundo, aparece sempre um parque de diversões.

O parque e seus brinquedos. As gambiarras de luz, o cheiro e a sensação de uma felicidade possível. Não é nenhum parque internacional, rico e repleto de turistas cheirosos. Não. Meu parque de diversões não é a Disneylândia, é um parque singelo. Tem *dangler*, aviãozinho, barcas que voam e gente simples. Não tem tickets. Tudo é pago em dinheiro vivo. Um dinheiro sujo, amassado, vindo das mãos de feirantes, sapateiros, engraxates. Um parque-celebração.

"Divirtam-se a valer enquanto este parque neste glorioso bairro permanecer." Este som que saía do alto--falante me ensinava tanto quanto a escola. Talvez até mais. As palavras cravavam minha alma e piscavam. "Divirtam-se." Era uma ordem, uma ordem doce. Não era "vai dormir", não era "para de chorar", não era "vai cortar as unhas", "pentear os cabelos". Era "divirtam--se". Era tudo o que eu queria ouvir. E no plural.

Chamar meu bairro de glorioso. Que honra, que vitória. Aquele bairro relativamente pobre, feito de lama e matagal, de repente era chamado de "glorioso bairro". Que coisa linda, que emoção, parecia o hino nacional.

Em uma tardezinha, quase noite, quando estava indo ao parque de diversões, me horrorizei com o espancamento de uma mulher. No quintal de sua casa, mais terreno baldio do que quintal, entre as flores silvestres e a horta de alfaces, perto da latinha com cebolinha verde e dos pés de manjericão, ao lado da hortelã, pisoteando meia dúzia de galinhas e um filhote de coelho, misturando seus gritos com o latido dos cachorros, eu vi uma senhora ser duramente espancada.

Quem batia era o marido. Exatamente. O marido, pai dos filhos, a espancava duramente. Ele era bruto, bem maior que ela e enfurecido. Ele não batia com as mãos. Batia com um pedaço de lenha. Ela corria desesperada, levantando os braços, chorando, tentando se defender. Já havia sangue escorrendo pelo rosto. As crianças pequenas gritavam, pediam ao pai que parasse com aquilo. Os vizinhos espiavam, e o Sol se despedia, deixando que a noite assumisse o comando das luzes, luzes lamparinadas, luzes toscas, transformando ainda mais aquele pátio em um cenário melancólico, em um palco arrepiante das ações humanas mesquinhas e criminosas.

O nome dela era Catarina, o dele Juarez. Eles eram os pais de Rita, Sergio, Ana Lucia, Maria do Carmo, Daniel, Pedro e Rosalvo. Rosalvo não foi vacinado e contraiu poliomielite, também conhecida no glorioso bairro como paralisia infantil.

Apesar do horror das cenas que presenciei, aquela noite no parque foi especial. Uma criança que se perdeu dos pais foi rapidamente encontrada. Nada mais emocionante do que ver o rosto de felicidade de uma criança perdida quando reencontra os pais. Teve um vendedor que me deu uma laranja. Do nada. Eu estava olhando e ele me mandou pegar uma, de graça. Você sabe qual é o gosto de chupar uma laranja de graça? Eu sempre ria dessa palavra enquanto caminhava sozinho a caminho da escola. *Graça, graça, de graça quero qualquer desgraça.* Depois pensava: *que coisa mais sem graça.*

Comi pipoca, maçã do amor e ouvi muitas músicas românticas, tristes mesmo. Percebi que o amor era um caminhão de tristezas ouvindo as letras das canções. O homem que no dia do casamento de Esmeralda, vestida de véu e grinalda, urrava sua frustração gritando para o mundo que quem devia se casar com ela "era eu, sim, senhor. Quem devia se casar com ela era eu, seu amor". Mesmo tendo medo destes enredos tenebrosos, eu caçava esse sentimento. Precisava chegar perto do amor. Queria amar como os ébrios das canções, pagar pra ver.

Certas noites, o delírio me faz visitas. Filmes são exibidos na minha cabeça, e desenvolvo histórias completas. Histórias confusas, às vezes. Não consigo saber bem o que elas querem dizer ou se querem dizer alguma coisa. Sei que, apesar de criadas por mim, não me pertencem, voam com asas misteriosas em direção ao infinito.

Ontem, por exemplo, vi um pai desesperado procurando por sua filha. Percorreu hospitais, cadeias, necrotérios... e nada. Havia trinta dias que sua filha desaparecera. O nome dela era Anita. Sumiu do nada, sem explicação.

A cidade estava tomada por uma multidão de pessoas viciadas, destruídas, desalentadas.

Não era mais apenas os pobres, desta vez a miséria humana não fez distinção. Rompeu as portas da classe média, da burguesia e dos barracos com a mesma sem-cerimônia. Meninas outrora lindas, bem cuidadas, universitárias, agora eram molambos, farrapos humanos com os corpos se decompondo em chagas.

Anita namorava um jovem promissor que trabalhava em uma corretora de valores e convivia com ações, bônus, dividendos, iates, ilhas e drogas, muitas drogas. Ele despencou na vida como o índice da bolsa de valores às vezes despenca. Talvez Anita esteja em seu encalço, talvez Anita tenha ido à Paris.

Criada como uma princesa em um reino de faz de conta, de uma beleza infinita e inteligência rara, ela tinha de tudo, menos a calma. Era culta. Seus estudos custaram um palacete, e seus modos elegantes carregavam traços de realeza.

A mãe de Anita também se preocupava. A relação de Anita com a mãe nunca fora pacífica. Acostumada a ser o centro das atenções, a mãe não se conformava em dividir com a filha as glórias efêmeras do convívio social. Atingir o status de celebridade estava enlouquecendo as pessoas, destruindo relações, mesmo que isso não significasse absolutamente nada. Anita não queria ser nada disso, queria apenas ser.

O pai encontrou-se com muitos outros pais naquela busca insana. Com o pai de Pedro, de Olavo, de Beatriz. Com o pai de Monica, de Gabriela, de Luan. Todos haviam perdido seus filhos para a rua. Nenhum deles sabia dizer em qual momento falhou ou quais erros cometeu. Criaram seus filhos seguindo as orientações milenares, bíblicas, legais. Educaram, castigaram, perdoaram. Levaram às festinhas e foram buscá-los de madrugada. Indicaram as boas companhias, incentivaram a prática de esportes e hábitos saudáveis. E, no entanto, como uma lufada de vento, algo desconhecido e tenebroso arrancou-lhes seus tesouros, seus amores, seus bebês.

Anita teve sólida formação intelectual, e os anos de psicanálise, o acesso à cultura e a bens materiais a distinguia de sua geração. Mas nada mais era garantia de nada. O mundo, dessa vez, não estava acabando em dilúvio, mas sim em incertezas e sem arca de Noé.

Surgiu a notícia de que um bando numeroso desses zumbis urbanos estava invadindo lojas, bancos e farmácias. A polícia agia com a rapidez que sempre age quando a missão é proteger riquezas e com a mesma violência que emprega quando a tarefa é reprimir pessoas e pensamentos.

Em meio a bombas e porradarias, o pai de Anita corria de um lado para o outro, desorientado, parecendo um zumbi. Encontrou Olavo, o namorado de Anita. Estava desvalido, rosto sangrando, roupas queimadas. O pai, desesperado, perguntava por sua filha. Olavo estendeu-lhe um cartão de crédito e nele estava gravado o nome de Anita. Anita Dias de Oliveira. Era isso o que ele queria mostrar, o cartão de Anita. Nada além de datas e números no cartão. Nenhuma mensagem reveladora. O pai revistou os bolsos do genro, ou quase genro, e nada. Na verdade, tudo estava dito naquele cartão de crédito.

Assim, com o cartão em mãos, o único pertence que conectava sua filha ao presente, rememorou conversas que tiveram juntos. Ela dizendo que Olavo não gostava dela, não gostava de nada e de ninguém, gostava de dinheiro e só. Anita resolveu, então, deixar com o namorado a única coisa que interessava a ele: o cartão de crédito. Muitas pessoas ricas passam por este tormento: não conseguem distinguir o que é amor do que é interesse.

Importante agora era encontrar Anita. Os jovens, que até alguns anos atrás faziam fila para participar de testes que lhes abrissem as portas para a universidade, agora faziam fila em busca de uma pequena dose que lhes garantisse a sensação de viver. Não mais sexo, não mais amor, não mais futuro. Apenas uma dose era tudo o que almejavam.

O pai avistou Nancy, uma amiga de infância da filha. Sentada no meio-fio de uma calçada, ela também tinha o olhar cinzento, distante, apagado. Nancy e Anita foram juntas à Disneylândia. Foram juntas ao baile de debutantes, foram juntas à primeira comunhão. Os pais de Nancy estavam presos por crime de corrupção passiva, ativa, lavagem de dinheiro, formação de quadrilha, estelionato e pouca vergonha. A família havia se desintegrado. Nancy, na infância, passava dias e semanas na casa de Anita sem que os pais a procurassem. Sofreu, também, uma desilusão amorosa. Aliás, era impressionante o número cada vez maior de desilusões amorosas que cercavam as pessoas aqueles dias. Ninguém conseguia mais amar ninguém.

Ele se aproximou de Nancy e, para sua surpresa, foi recebido com um leve sorriso. Ela o reconheceu. Estendeu a mão e pediu dinheiro. O pai de Anita lhe deu uma nota de valor alto. Ela sorriu novamente.

Ele perguntou por Anita. Ela enfiou a mão no bolso do casaco e tirou uma fotografia. Era ela e Anita de braços abertos com a estátua do Cristo Redentor ao fundo, passeio que fizeram muito tempo antes. Apontou o rosto de Anita como se estivesse perguntando a ele se era por ela que o pai procurava. Ele respondeu que sim. Ela, então, apanhou o celular do pai, clicou em um aplicativo qualquer e disse que Anita estava ali. Anita enviara uma mensagem, e ele, desesperado com o desaparecimento da filha, não tinha visto. Ele beijou Nancy, deu a ela mais dinheiro e correu para baixo de uma árvore única e solitária que havia sobrevivido à poda geral e às pragas para ouvir a mensagem de Anita.

Pai, eu estou bem. Não me procure, pois não me achará tão cedo. Estou em 1789, em Minas Gerais, em um congresso extraordinário, o Primeiro Encontro de Mulheres de Todos os Tempos. Inacreditável o que se passa aqui. Na verdade, não sabemos o que buscamos neste encontro. Fala-se em emancipação feminina, direito ao voto, direito ao aborto, direito à cirurgia de redesignação sexual. Uma miscelânea de desejos e protestos. Até sobre o fim da menstruação se comenta. O fato é que estamos muito bem representadas. Estão conosco famílias imperiais com rainhas e princesas. Domitila, amante de D. Pedro, está aqui ao lado da Imperatriz Leopoldina, esposa de D. Pedro, e Princesa Isabel conversa com Carolina Maria de Jesus, uma negra favelada que, catando lixo e lendo recortes de jornais, acabou por escrever um livro. Joana Angélica conta como foi se postar diante do convento para defender as freiras de abusos sexuais e ter sido assassinada. Anita Garibaldi, fardada. Madre Teresa de Calcutá. Estão todas aqui. Marielle, jovem vereadora assassinada no Rio de Janeiro, busca respostas para o crime. Também estão presentes jovens modelos magérrimas e celebridades malhadas, corpos modificados por vitaminas e sais minerais.

As grandes questões que debatemos são: quem fomos, quem somos e quem seremos? Ontem, na mesa de debate, discutiu-se intensamente se ainda faria sentido sermos consideradas apenas reprodutoras da espécie humana. Parir, parir, parir. Angela Davis, dos Panteras Negras, questionou se valeria continuar parindo essa espécie abominável. Seres humanos mais próximos de bestas-feras do que de gente. Homens capazes de levar fome e guerra aos seus semelhantes. De matar, destruir, oprimir o próximo. Talvez tenha chegado a hora de uma grandiosa castração coletiva. Reconhecer que não deu certo. Eva, esposa de Adão, nada fala. Tem um silêncio bíblico e um sorriso sarcástico, como se comemorasse eternamente a grande sacanagem no paraíso. Anda de mãos dadas com uma serpente. Dandara, mulher de Zumbi e valente guerreira que se matou jogando-se do alto de uma pedreira para não voltar à condição de escrava, fez uma bonita apresentação de capoeira.

Então, pai, não tente me encontrar por agora. Estou bem. Estou aprendendo, convivendo com pessoas interessantes. Gente que tentou mudar o mundo e ainda tenta, como a Wangari Muta Maathai, do Quênia, Prêmio

Nobel da Paz em 2004 e fundadora do Movimento Cinturão Verde Pan-africano. Está aqui também a sra. Maria da Penha, que dá nome a uma lei no Brasil. Foi espancada pelo marido durante muito tempo e resolveu reagir. Reagiu não com violência, mas com garra para transformar as agressões em crime e levar os agressores para a prisão.

Na verdade, pai, também tento achar um sentido para minha vida. Não quero passar por este mundo como uma nuvem inútil que não produz sombra nem chuva. Vamos juntar as experiências de todos os tempos e tentar levar para a humanidade um olhar feminino, uma sugestão de caminho, algo que possa ser aproveitado por todos os povos e garanta ao menos por ora um horizonte novo a esse planeta tão machucado.

Aqui, todas nos ajudamos mutuamente, cuidamos umas das outras. Cantamos, rezamos e, no fim do dia, damos as mãos e agradecemos a nós mesmas por mais uma batalha vencida. Diz para a Nancy aparecer por aqui, ela também vai gostar. Mande lembranças à minha mãe, e deixo aqui um beijo terno para o senhor.

Mal me livrei da história de Anita e uma nova visão foi invadindo meu quarto junto com um batuque.

Outros personagens se apresentando e, por eles, para narrar suas histórias, abdico muitas vezes do meu próprio viver. Ou, quem sabe, aproveito a presença deles para sobreviver à pasmaceira sem sentido que se tornou a minha vida.

Cheiro de ervas, sons, bichos, tempero forte e cores do passado me trazem nova alegoria. Os escravos rebelados fugiram para o Alto do Tijuco, com a intenção de formar um quilombo. Os negros querem mais que banzo, querem alforria.

Os padres, alguns poucos, é verdade, deram por se interessar pela causa da abolição. O comandante de nosso destacamento diz que os Lundus estariam enfeitiçando nossos clérigos. Comenta-se, sem provas ainda, o caso de uma escrava ter dado à luz o filho de um jovem seminarista branco. O céu de Minas Gerais está se tornando um céu cafuzo.

Embrenho-me na mata depois de longa caminhada, sobe e desce em íngremes ladeiras. Me afasto da tropa, bebo água limpa do riacho e recosto-me na grama, os besouros fazem zigue-zagues em minha fronte e, com os olhos fechados, me permito um segundo de devaneios. Fico em dúvida se devo pensar em um tempo muito antigo, o tataravô do meu passado, ou se vou ao encontro do futuro, bisneto do meu tataraneto. Enquanto decido, o dever me desperta e dou de vistas ao negro Joaquim e seus quatro filhos me espiando atrás de uma moita:

— Parados aí, senão eu atiro.

Joaquim, escravo de propriedade de engenho, é negro rebelde, ferrado na testa, marcas de algemas nos tornozelos e punhos, lanhadas de chicote pelas costas. Joaquim não se emenda, quer porque quer a liberdade.

— Me deixa ir embora com os meninos e te dou meu diamante.

Éramos seis pares de olhos enfeitiçados e iluminados pelo brilho da pedra na mão amarelada do escravo. Diamante bruto, libertador. Peguei a fortuna em minhas mãos, ouvindo a respiração inquieta da família fugitiva e, por instantes, me senti senhor absoluto sobre o destino, sobre a natureza, sobre a vida e a morte da humanidade. Naquele momento, eu tinha quatro opções:

Opção 1 – Matar os negros e ficar com a pedra.

Opção 2 – Prender os negros e devolver a pedra à Coroa Imperial.

Opção 3 – Fugir com os negros.

Opção 4 – Negociar.

— Fico com a pedra e prendo um de vocês. Tenho que mostrar serviço na intendência.

— Nada feito, ou os cinco livres ou nenhum.

O nome de Joaquim era Zambi, e seus filhos, nascidos em Diamantina, já tinham nomes cristãos: Paulo,

Pedro, Jonas e Ismael. Zambi era rei na África. Não se conformava com a prisão. Pensei seriamente em acabar com o sofrimento dos cinco matando todos. Afinal, fugir para onde, se o mundo é uma grande prisão?

Joguei a pedra no rio, que era o seu verdadeiro dono, e mandei que eles fossem embora. Não fiz por bondade ou nobreza de caráter. Fiz por inveja. Inveja daqueles negros em busca de suas liberdades. Eu nem sequer tinha coragem de pensar em ser livre. E logo eu, que tenho medo do tenente, do sargento, do cabo, medo de assombração e medo de ir para o inferno, não tive medo de libertar Joaquim Zambi e sua prole.

Quando eles alcançaram uma distância razoável, disparei várias vezes a esmo, com a intenção de mostrar espírito de luta e acabar de vez com a munição. A tropa correu em minha direção e, fingindo susto e valentia, apontei na direção oposta e gritei:

— Por ali, por ali! Um bando deles fugiu por ali.

Vi os soldados da Coroa Portuguesa marcharem em busca dos escravos e me senti feliz, meio soldado, meio negro, meio rei, meio dono do meu próprio nariz.

Acordei com a boca seca, mãos trêmulas e um medo assombroso de despertar de vez. Recebi uma visita inusitada durante a noite. Pesadelo? Delírio? Demência? Talvez tudo junto. Já tem algum tempo que não consigo discernir o que é real do que é imaginário. Mas o que se passou na madrugada de hoje me deixou assim: estatelado, pasmo, enlouquecido. E não era pra tanto.

Aconteceu na madrugada. Vento forte, barulho de panela caindo, som de banda marcial, fanfarra. Uma criança bonita sentada ao meu lado, na cabeceira da cama. Seu olhar era bem íntimo, quase familiar. Quis tocá-la com as mãos, mas não consegui. Meu corpo estava anestesiado, dormente, paralisado. Quis falar, mas a voz não saiu. Estava com medo e deslumbrado.

Nunca o medo e a euforia estiveram tão perto um do outro. Era minha morte e ressurreição. Eu estava diante de meu carrasco e salvador. Mas, afinal, quem era aquela criança linda? Olhos esverdeados, cabelos cacheados flutuando entre uma morenice oriental e um alourado de galego.

Era criança e velho ao mesmo tempo. Alma velha em corpo novo. Um olhar que continha perguntas e respostas. Interrogações e certezas. Um mapa que poderia indicar o caminho do paraíso ou do inferno.

O que consegui foi encarar firmemente aquela criança com o olhar direto, sem desvios. Veio-me a sensação de estar diante de um espelho, e talvez fosse isso.

Fiz força para me levantar. Fugir dali. Minhas pernas estavam igualmente paralisadas, bambas, frágeis. Não existia a menor chance de fuga. Pensei alto:

— O que você quer de mim? Quem é você, afinal?

Ele me disse:

— Filho da puta! Mil vezes filho da puta!

Não dava para acreditar que esse som louco estivesse saindo da boca daquela criatura angelical. Esperava ouvir qualquer mensagem, qualquer palavra, menos um xingamento vulgar. Na verdade, o que eu esperava era ouvir hinos, louvores, mantras, trinados passarinheiros.

Sua feição transmutava. Ele agora era um ser enfurecido, magoado. Se estivesse com uma arma na mão, com certeza dispararia contra mim. Inacreditável. Nunca tinha me sentido tão odiado como naquele instante. Ele não fazia pausa, não respirava e muito menos abria espaço para que eu argumentasse. Não dei um gemido sequer. Me reconheci. Era eu criança. Eu estava enfurecido:

— Filho da puta! O que você fez com a minha vida?

Não tive tempo para nada. Não tive alternativa e, além da boca seca, do tremor em todo o corpo e do pânico na alma, o que restou foram essas lembranças confusas que relato aqui.

— Filho da puta, por que você fez isso comigo? Te emprestei a alma. Te escolhi, escolhi seu corpo como fiel depositário da minha vida. Confiei cegamente em você e alimentei meus sonhos. Com tantas possibilidades de aterrissagem, foi você o escolhido. Éramos um só. Carne, osso, pensamento. Estávamos os dois bem próximos de Deus e você se afastou. Por quê? Não te bastava cerzir os ventos, receber o calor do sol e beber a água límpida das fontes? Não era tão bom descansar à sombra das árvores, colher frutos e sorrir com os amigos? Brincar de bola, de esconde-esconde e se apaixonar por todas as meninas? Aquele amor de nossa mãe, onde foi que você despejou aquele amor de nossa mãe? A segurança e o beijo de nosso pai. O que fez com o amor dele? Estávamos tão felizes vendo os dois palhaços no picadeiro do cirquinho enfeitado, embandeirado, alegre e colorido. O palhaço negro que se chamava Picolé e o palhaço branco que se chamava Sorvete. Quando saíamos dali, fingíamos que éramos Picolé e Sorvete, amigos para sempre, um ajudando o outro a dar piruetas acrobáticas, um garantindo ao outro que jamais faltaria a mão amiga, protetora. Estávamos combinados que na hora do salto mortal seríamos rede salvadora, certeza, confiança e fé. E o que você fez com tudo isso? Se afastou de mim. Caminhou sozinho sem me perguntar, sem me dar atenção. Seguiu trilhas lamacentas, manchou nossa imagem. Você nos traiu, covarde!

O velho aqui estava cansado, sem ânimo para debater, rebater, responder. A idade gera uma preguiça, quase inércia, e muitos assuntos antes corriqueiros agora trazem tédio e irritação. Não esquecer os remédios, qual é a senha do cartão inativo, o nome do neto, bisneto, o próprio endereço. Fazer xixi antes de dormir. Levantar-se para não fazer xixi na cama. Respirar.

Fui criado sozinho. Tinha pai, mãe, tios e família. Tinha vizinhos, amigos, tinha tudo, mas fui criado sozinho. Esse amargo aprendizado chamado vida me custou caro. Nem sempre o que nos ensinam é o que queremos e precisamos saber.

Sobre o medo do escuro, por exemplo, não me disseram nada. Aliás, aprendi sobre os sonhos por meio de pesadelos. Não me falaram nada sobre os sonhos. Fiquei espantado quando descobri que nos sonhos a gente nunca morre. A eternidade existe nos sonhos, e um segundo antes da fatalidade a gente acorda, imortal. Deveria ser assim nesse pesadelo chamado vida. Quem dera acordar sempre um segundo antes de morrer.

Esse menino que me acordou, sentado na beira de minha cama desgastada, esse diabinho louro que me cobrava a insensatez do adulto, precisava saber um pouco do que passei até chegar aqui. Cobrar é muito fácil e ficar devendo, muitas vezes, é desesperador. Crescer dói muito. Fisicamente falando. Os ossos esticando, os hormônios em alvoroço, os pelos crescendo, a voz mudando. Tudo isso é encantamento, novidade e dor. É algo como você assassinando o seu próprio corpo para dar lugar a outro. E esse outro é desconhecido, incerto, novidadeiro.

E, no fim, não resta sequer o direito de escolher que adulto você quer ser. Ele se impõe, massacra, nocauteia a criança-adolescente e se apodera de você. Mas, até aí, seria suportável se o mundo, vasto mundo, não se encarregasse de brutalizar ainda mais esta metamorfose.

Parece que a primeira grande meta é trazer o desencantamento com o semelhante. De uma hora para outra, aquelas adoráveis criaturas que te ninavam, protegiam e acalentavam se desnudam, se transformam.

Quando poderia imaginar que um homem fosse capaz de esfaquear outro homem? Que um homem fosse capaz de se jogar de um viaduto e tirar a própria vida? Que duas mulheres pudessem puxar os cabelos uma da outra até arrancar chumaços ensanguentados da cabeça?

O auge da maldade para mim, até certo momento da vida, era ver a matança de frangos para o almoço de domingo. Quando mataram o coelhinho branco para a ceia do Natal, aí foi massacre. Fiquei com febre e desalentado. Eu, que até então via todos os seres vivo como semelhantes, amigos, companheiros. As formigas saúvas subindo nas árvores, para mim, não eram praga. Eram apenas formigas amigas almoçando, picotando as folhas.

Pássaros, cães, cobras e cavalos. Índios, japoneses, brancos e negros. Os sírios, os turcos, os alemães e os italianos. Os congos e os padres. Os pastores, os pais de santo e a erva cidreira. Tudo era parte do mundo, tudo era parte de mim.

Amei os rios antes de conhecer os afogados. Admirei os automóveis antes de conhecer os atropelados. Amei o trabalho sem saber que existiam patrões. Amei a vida sem saber que existia a morte.

Mapeando este caminho posso dizer que, entre a minha casa e o meu parque de diversões, existia uma avenida larga e perigosa. Para ir ao parque, eu precisava atravessá-la, enfrentando todas as maldades e perigos do mundo. Para voltar para casa, era preciso repetir o percurso. E nessas idas e vindas, nessas travessias, fui perdendo os sonhos, a magia e a crença de que o mundo era um imenso caldeirão de ternura infinita. Minha coragem foi destruída pelo medo.

Eu preferia ver a saber. A Lua, por exemplo. Que fascínio, que deslumbramento! Aquela luz natural e encantadora solta no infinito, rodeada de estrelas. São Jorge, o santo guerreiro, enfrentando o dragão da maldade era um filme sem-fim projetado pela Lua generosa. Inspiradora de poetas e músicos. Mãe dos mares e das marés, controladora dos cios.

Tínhamos uma relação íntima e direta, quase um namoro. Quem tem a Lua nunca está só. Mesmo quando se ausentava, encoberta por nuvens, não tardava em regressar. E vinha com penteados diferentes, vestida com luxo e esplendor. Era uma grande amiga, uma verdadeira dama de companhia. Para sabê-la, bastava vê-la.

Que me interessava saber que era um satélite natural da Terra, seu diâmetro equatorial, sua área de superfície ou seu volume? Como aceitar que sua área era escura como o asfalto se, para mim, estava sempre brilhosa e radiante? Que ciúme senti dos astronautas russos e americanos. Hereges, ladrões, bandoleiros do espaço, saqueando a rainha dos céus. E assim como a Lua, saquearam meus sentimentos, dilapidaram meu coração.

A comida ficou com um gosto amargo no dia em que percebi que ela não vinha de graça. Acostumado a ir até o mato catar chuchu, abóbora verde e tomatinho, tudo se transformou no dia em que máquinas arrancaram o mato, matando a plantação generosa. Passamos a comprar o que comer, e aprendi que não era só Deus que colocava a comida na mesa, papai da terra também tinha que se virar para não deixar faltar o pão nosso de cada dia.

Pois é, jovem mancebo que me atormenta. Se por vezes não estive com você, se por vezes sentiu a sensação de abandono te dominar, não foi por mal. É que eu também estava confuso, perdido, abandonado.

Com tantas novidades clamando por entendimento, não me sobrava tempo para cuidar de você. Não pense que foi fácil deixá-lo tantas vezes sozinho e angustiado. Por mim, teria ficado sempre contigo, pois, acredite ou não, até os dias de hoje, jamais encontrei companhia que me fizesse tão bem quanto a sua.

Como esquecer a nossa primeira mudança de casa? O caminhão cheio de tralhas, nós na carroceria, papai e mamãe na boleia. O caminho esburacado, a memória ficando para trás e, tal qual nuvens ciganas, íamos felizes sem saber para onde a nova vida nos levava.

Foi um choque para todos quando papai chegou anunciando a mudança. Íamos para outra cidade, outro bairro, outros vizinhos. A nossa casa não era nossa. As casas nem sempre pertencem a quem nelas reside. Uns são proprietários e outros, inquilinos. Paga-se aluguel para morar e, quando não se consegue pagar em dia o aluguel, somos despejados, assim dita a lei.

Por falar em leis, onde existirá alguma lei que tenha sido feita para me proteger? Não sou fora da lei, isso não. Mas te juro de pés juntos que, nesse relicário da existência, nunca topei com um pingo de lei a meu favor. Nem a lei da gravidade me serviu, tantos foram os tombos que colecionei nessa caminhada.

Mas estou ocupando com exagero o tempo de quem me lê. Resumindo, aqui vai minha resposta para você, anjinho louro que me atropela o sono e atormenta o coração: vá à merda, imbecil. Me deixe em paz. Vá sacanear quem te sacaneia. E me agradeça o fato de ter permanecido vivo até agora.

Se te abandonei, você me abandonou também. Apanhei sozinho e a outra face que ofereci não foi a sua, foi a minha. Por onde você andava quando fiquei nu pela primeira vez junto com a nudez de uma mulher? O beijo na boca, a língua na garganta, a febre, o tremor nas pernas. Onde você estava quando gozei pela primeira vez e não sabia se estava morrendo ou tendo prazer?

Quem tomou a injeção de penicilina que curou as doenças venéreas e desvencilhou-se das tentativas de homicídio perpetradas por um marido ciumento? Como tem coragem de me arguir? Na hora da luta, você não estava mais na arena. Sendo assim, se te abandonei, você também me deixou sozinho. Nunca soube da humilhação do desemprego, do ano letivo perdido e do pavor do serviço militar obrigatório.

A esposa e os filhos não te abandonaram porque não te conheceram. Abandonaram foi a mim, pobre e infeliz. Então, por favor, me deixe por aqui. Nada fiz para merecer honras e glórias, mas também nada fiz para merecer esse linchamento tardio. Se acalme, lembre-se dos acalantos que ouvimos juntos. Você, para mim, é como se fosse um filho. Então escolha ser um bom filho ou um bom filho da puta.

¡¡¡

As almas me procuram e delas não fujo. São seres carentes, ansiosos, precisando muito se comunicar. Talvez o espaço que habitam seja um deserto. Por certo não têm vizinhos, nem bares, nem festas, nem lojas. Talvez não tenham nada com o que se ocupar e por isso me procuram, por isso me habitam.

São almas distintas, únicas e variadas. Tal como os seres humanos, trazem aflições e dúvidas. Muitas choram, inconformadas com o que o destino lhes reservou. Outras brincam, galhofam e se aprazem em perturbar a vida alheia. Existem as almas prepotentes, tiranas e que querem porque querem impor ao mundo a sua visão, o seu jeito de ser.

Outras nem sequer se conformam com a condição de serem almas. São das mais variadas raças e credos. Almas jovens e outras velhas, experientes e aprendizes. Algumas estudaram bastante e outras são analfabetas. Há as que experimentaram o luxo e a riqueza e aquelas que nasceram e cresceram na lama podre da miséria. As quase anjos e as quase ratazanas.

Existem almas egoístas que não se compadecem com a dor alheia, só pensam em si. Tem também as brincalhonas, alegres. Voam por esse planeta como se estivessem no auge de uma festa sem fim.

As principiantes dão muito trabalho. Céticas, questionam tudo e dificilmente aceitam as coisas como elas são. Mas são boas, na maioria das vezes. Não questionam por demérito próprio. Acreditam que realmente exista algo errado no mundo das almas e ambicionam aperfeiçoá-lo. Almas juvenis, destrambelhadas e encantadoras.

Aparecem também as almas que sofreram abusos e violência. Traumatizadas na infância, cresceram inutilizadas para o mundo adulto. E me encontram igualmente as que foram escravizadas e receberam o açoite como resposta às suas reivindicações. Em comum, todas elas possuem a solidão.

Figuras ímpares que não encontram seus pares. Vagueiam pelo Universo tentando avistar um porto seguro em que possam atracar. São almas refugiadas, expulsas de seus casulos pela incompreensão, pelas guerras e tiranias. As céticas não acreditam em almas, mas acreditam em si mesmas. Todas querem falar, exprimir, desabafar.

Elas me atordoam dia e noite e afligem meu sono, incomodam meus sonhos. Essas almas não me dão sossego um só instante. Às vezes, para me livrar temporariamente desse assédio, me embriago, me drogo. Não resolve, mas ameniza um pouco a dor insana e aguda que o convívio com as almas me traz.

Elas aparecem nos momentos mais inusitados de minha vida, não fazem cerimônia. Sou um pombo-correio de um mundo imaterial. Porta-voz dos que reivindicam serem ouvidos. Um advogado de causas quase perdidas. Nunca soube se fui escolhido ou se eu mesmo escolhi essa tarefa e não concluí ainda se ela ajuda ou atrapalha meu dia a dia. Mas posso dizer que o mundo das almas é incomensurável, não existe método que possa dimensioná-lo. Ninguém conseguiu precisar o número de habitantes que existe por lá. Nada é sabido, tudo está por saber.

Essas são algumas das razões que me trouxeram a esse garimpo de almas. Não peneiro nem escolho a lavra. Apenas recolho, da maneira mais delicada possível, diamantes e cascalhos. Vou pelas aluviões buscando faiscações, vestígios, sinais que eu possa traduzir, me emprestar.

Faço isso correndo contra o tempo. Sei que em breve também estarei do lado de lá, do lado delas. Deixarei de ser quem sou e passarei a ser apenas mais uma alma, penada ou não, pedindo desesperadamente que um garimpeiro qualquer me recolha, me dê ouvidos e não faça de conta que nunca existi.

Às vezes, acordo com a cabeça amarga de pesadelos e viagens em sonhos cansativos, sem lógica, sem explicação. Quando o sonho é ruim, não desperto. Prevejo um dia de ansiedades e tormentos.

Tenho tristeza, tenho ódio e não tenho motivos para tê-los. Se existem motivos, desconheço-os, e esse não saber me deixa mais atordoado ainda.

Essa madrugada foi povoada por personagens estranhos, gente que nunca conheci de lugares em que jamais pisei. Sem que sejam chamados ou indagados, vomitam suas histórias, suas ansiedades e ocupam todos os espaços, deixando para mim a função de tentar compreendê-los.

Meus delírios se tornaram internacionais, atravessaram fronteiras, burlaram alfândegas. Não falo inglês, nem francês, nem italiano. Mal falo a língua materna e, ainda assim, passei horas ouvindo relatos e vendo personagens que vivem na América do Norte e, inacreditavelmente, consegui entender tudo o que diziam. Dos fenômenos dessa outra América. A nossa, a Latina. O primeiro a discursar foi um brasileiro parecido com tantos outros brasileiros que sonham com uma vida que lhes é negada onde nasceram e migram tal qual nuvens de gafanhotos, aves de arribação, cordeiros de Deus. Deixo que ele fale para que possamos ouvi-lo.

Prefiro morar aqui, na América. Os Estados Unidos da América são um país muito grande e próspero. É evoluído, seu sistema de governo é democrático e a sua economia, capitalista. Reza a lenda que aqui todos têm a mesma oportunidade e é nisso que acredito.

Entrei clandestino pela fronteira do México depois que tive meu visto negado pelo consulado de São Paulo. Quando fui tirar o visto para realizar meu sonho de morar aqui, caí na besteira de não mentir, de ser sincero com o gringo que me entrevistava, e acabei me dando mal.

Ele me perguntou se eu queria ir aos *States* a passeio ou a negócios, e eu disse que nem uma coisa nem outra, que eu queria ir para trabalhar, morar, encontrar uma virgem americana e com ela me casar, ter filhos, ficar muito rico, passar férias na Disney, jogar nas roletas de Las Vegas e comer *hot-dog* até o cu fazer bico e depois mandar buscar minha mãe, meus irmãos, meus amigos. O funcionário da embaixada americana, meu futuro compatriota, me informou que eu estava delirando e disse não, não e não.

Imagina se um *no*, um *not*, um não de um gringo qualquer iria me desanimar, me fazer desistir. Jamais, *my friend*.

E foi assim que me joguei pelo Peru, atravessei a fronteira em aventuras por entre folhas de coca, perdi cinquenta e cinco dólares, tomei tequila e, três anos e sete meses depois do não da embaixada, eu estava aqui, com os dois pezinhos que papai do céu me deu, na terra promissora dos Estados Unidos da América.

Querer é poder. Tenho família, tenho filhos e filhas, tenho sogro, sogra, empresa, vários carros, uma lancha modesta e comecei do zero. Do zero. Para não dizer que tenho tudo que eu quero, só não consegui uma coisa: trocar meu nome. Jimmy, Robert, Johnny, Bill, Richard. Santo Deus, quanto nome bonito e eu tendo que assinar Messias Dias de Carvalho.

Muitos me pedem para que eu conte a história de minha vida, de como cheguei aqui. Dizem que daria um filme, um livro, uma novela. Mas eu não vendo e não conto. A história da vida da gente pertence à vida da gente, passado não é propriedade de mais ninguém.

Antes de me tornar empresário nos Estados Unidos, fui vigia noturno de um laboratório de pesquisas. Creio que por deformação profissional, criei o péssimo hábito de reagir à bala a qualquer provocação ou ameaça. Esta mania me fez perder a vida estupidamente quando, numa noite de inverno do ano em que o homem pisou na Lua, meu escritório nos *States* foi invadido por uma quadrilha de jovens marginais, drogados e violentos.

Eram quatro filhos do cão, que renderam o porteiro, imobilizaram o vigia e, na velocidade de um raio, já encostavam o cano de uma pistola na cabeça de meu tesoureiro e chutavam sem piedade as costelas de minha secretária.

Pela janela da minha sala, eu acompanhava a cena em posição privilegiada de espectador. Armei meu rifle de mira especial e cano recortado, escolhi com calma a primeira cabeça a ser estourada e confesso que, com enorme prazer, fui mandando, um a um, os quatro filhos do cão de volta para o inferno. Tudo seria êxito se, excitado, eu não tivesse cantado vitória antes do tempo.

Fui em direção à entrada do escritório, socorri a secretária, peguei as chaves do cofre das mãos trêmulas de meu tesoureiro e, levantando os pés do chão para evitar o sangue que escorria dos miseráveis, passei a mão no telefone para chamar a polícia.

Neste exato momento, distraído e tenso, senti um impacto violento. Algo como se fosse uma brasa entrando pelo couro cabeludo, misturado ao som de um foguete arrebentando meus tímpanos.

A bala que entrou pela minha nuca saiu pelo tampo da minha cabeça, percorrendo uma trajetória infinita, interminável. Aquela fração de segundos durou anos, séculos. Vi as ruas de Ibiguí, interior de Minas Gerais, enfeitadas de bandeirolas para festejar São João, Pedro e Antônio. Vi a cavalaria da polícia militar dando com cassetete no lombo dos comunistas. Vi as calcinhas das irmãs gêmeas penduradas no varal, secando.

Vi o padre, vi a hóstia e vi também o sofrimento de Cristo. Vi as cores e as trevas, vi sons e abismos, fogo e animais. O zunido nos ouvidos me fez compreender o efeito da câmera lenta usada nos cinemas, nos filmes internacionais.

Meus olhos se encontraram com os olhos do filho da puta que me matou, e os olhos dele também estavam morrendo. Seria possível que ele estivesse sentindo o mesmo que eu? Será possível um marginal sem rumo na vida, uma vergonha da raça humana, sentir a mesma sensação que um cidadão como eu sente? Será que Deus nos considera gente da mesma espécie?

O tiro que dei na cabeça dele foi um tiro certo. Mas o tiro que ele me deu não fazia sentido. Era um tiro torto, um tiro que não salva a vida de ninguém, um tiro que não merece ser disparado. E ele estava ali, morrendo, resfolegando, mas sorridente. Um sorriso de canto de boca, irônico, como se me dissesse: "Eu vou morrer, filho da puta, mas você vai comigo também".

Agora, sinto meu sangue escorrendo pelo rosto ao som de cantos religiosos, vozes de igreja. As amigas da esposa do farmacêutico estão bordando uma toalha de linho branco, linho puro, ponto grego, pontas rendadas. Linhas azuis e vermelhas formam a imagem do Sagrado Coração na toalha para ornamentar o altar no Corpus Christi. As imagens somem e grito mudo, cego, ao lado de meu algoz.

As luzes dos carros policiais giram, giram e as ambulâncias despejam macas, enfermeiros e pressa. Sirenes são sons dramáticos que chegam com as tragédias.

Sou colocado na mesma ambulância que o sujeito que me acertou a nuca. Ele já tem sondas enfiadas no nariz e os olhos arregalados. Por que será que os olhos de quem está morrendo se arregalam tanto? Será medo de ver a morte ou vontade de se despedir da vida? Para mim, agora, tanto faz. Tanto faz, cidade estupida, tanto faz, país de merda. Estados Unidos da América, quanta decepção!

Vou mesmo morrer neste gueto de quatro rodas, na companhia deste funkeiro do cão? E o meu plano de saúde? E o meu *green card*, minha *drive licence*, meu passaporte que agora tem visto para o inferno? Me diz, Estados Unidos da América, o que eu vou fazer com tanta documentação? O que é que vou dizer lá em casa?

* * *

Eu me pergunto se não bastariam minhas próprias dúvidas e angústias. Meus horrores. Já tenho tantos enigmas a decifrar, tantas dores a sofrer e ainda tenho que arcar com a demência alheia?

Aquele brasileiro morrendo dentro da ambulância, tiros, sangue, porradaria. Tento fugir desse universo tão distante do meu e não consigo. Se um fala, outros querem falar, e refém me torno, sem alternativa. *Speaking English? More or less? Now.* Já.

###

Milk-shake, batata frita e som. Um Nike, uma coca, crack e herô. Tina está grávida e o filho é meu. Faculdade de merda, pai de merda, irmãos de merda, pastor de merda, tudo é merda, merda, merda nessa vida de merda, e quem manda agora sou eu. Tenho turma de vinte e dou as cartas. Mato sem pestanejar. Jogo seringa para o alto e aparo nos canos. Para fazer heroína, tem que secar a água, e quem gira a roleta sou eu. É tudo comigo mesmo, *brothers*.

Que vacilo, tomar tiro de otário. Que merda, será que a vida vai estancar agora? Porra, agora me lembrei, hoje é quinta, tenho que buscar uma carga no aeroporto, tenho que levar Tininha no médico, tenho que dar um tiro na boca do Italiano, tenho que mandar uma grana para o presídio, tenho que dar remédio pra mamãe, tenho que gozar na boca da Silvie e atropelar o guarda da 66. Porra, puta que pariu, que merda tomar esse tiro agora, logo agora, que merda.

Cadê os otários que estavam comigo? Será que já se foderam? Merda, onde é que esse tiro pegou? Caralho, acho que foi na cabeça, tô fudido.

E olha só a pinta do otário que me acertou. Que babaca, parece um chicaninho o filho da puta. Nem vai pegar bem pra mim tomar tiro de otário. Se for pra tomar um pipoco na cuca, que seja de um Federal, da DEA ou então do Kiko. Mas desse merda? O cara parece um pastel, um monte de merda, ai, ai, ai... caralho, acho que eu tô indo. Merda.

O relógio do vizinho despertou antes da minha hora de levantar, malditos vizinhos. Mal peguei no sono e tomo esse susto. Está escuro lá fora, está escuro aqui dentro, está escuro no mundo. Vou me entupir de soníferos, vou me ausentar. Preciso dar um basta nas alucinações, quero fugir antes que chegue outra, mais uma, mais um, milhares, todos, todas, por Deus, agora não, agora não...

Meu nome é Bill, William Morgan Bill. Nasci no Arkansas, por volta de 1978, perto do Natal, *Merry Christmas, baby*. Sou órfão de guerra. Meu pai morreu por causa da guerra. Guerra do Vietnã. Era um neurótico de guerra tresloucado. Ficou louco porque não foi convocado.

Subiu no telhado da igreja, fuzil automático, pistola, muita bala, sinalizador da Marinha e começou a atirar. Fez uma guerra só dele, particular, sem comandante, sem comandado.

Matou, matou muitos, mais de dez, quinze se não me engano. Matou gente, bicho, matou até estátua. Deu um tiro na estátua de Robert Baden-Powell, fundador do escotismo, sempre alerta, sempre alerta!

Os helicópteros e seus *snipers* descarregaram balas e bombas no papai. Operação de guerra. Papai tombou sem medalhas, sem honrarias. Se tivesse ido para o Vietnã, também teria perdido a guerra. Teria matado e perdido. Só que no Vietnã teria matado estrangeiros, aqui não, matou americanos iguais a ele, iguais a nós. Americano aceita você matar qualquer um, menos matar americano. Papai, vinte e nove anos, morto, não soube compreender as guerras, não soube compreender a vida.

Eu sou Anne, mãe de Bill. Bill, minha criança linda, não compreende nada. É triste, mudo, melancólico e revoltado. Logo depois da morte do pai, saí com Bill do Arkansas e me mudei para cá. Sozinha na banda escura da cidade, filho no colo, desespero no coração.

Bill, como gostava de mamar, esse menino. Murchava meu peito, apetite de leão. Aqui Bill poderia viver em paz, sem que ninguém soubesse que era filho do Louco da Igreja.

Meu marido era um idiota, besta, patriota imbecil. Sempre foi manso, incapaz de matar uma mosca e, no entanto, enlouqueceu.

Exército, Marinha, Fuzileiros. Sabia todos os hinos militares de cor. Colecionava bonés e uniformes dos confederados. Esperou a Guerra do Vietnã como quem espera a noiva em um altar. Veio a guerra, ele se alistou e não foi chamado: "Quem não serve para servir a Pátria não serve para viver, não serve para mais nada".

E me deixou aqui, sozinha neste mundo, com o Bill para criar.

Por cansaço, estou desistindo de minhas funções. Não vejo serventia no papel de tradutor. Que se danem as almas, os corpos, as ideias. Não nasci para ser ama-seca de bezerro desmamado. Agora é cada um por si e salve-se quem puder. Vou mudar de casa, de quarto e de hábitos. Para evitar pesadelos, deixarei de dormir e, para evitar dormir, deixarei de sonhar.

Finalizo esta etapa em que mais ouvi do que falei e deixo com a distinta plateia os números seguintes.

Depoimentos, mentiras, histórias inventadas e ilusionismos. Tem tudo aí. Da maneira que me chegou, estou repassando. Encontrem o desfecho que quiserem e tirem suas próprias conclusões. Qualquer semelhança com pessoas vivas ou mortas vai além das coincidências. Aflijam-se, divirtam-se, minha parte eu cumpri.

DEPOIMENTOS

DEPOIMENTOS

Meu nome é Jair. Sou casado, pai de três filhos. Duas meninas e um menino. Minha esposa, Dirce, está acamada há três anos. Pegou uma bactéria comendo um sanduíche na Praça da Liberdade. Esta praça fica ao lado da nossa casa.

Dirce costurava pra fora. Fazia o trivial e até vestidos de gala para casamentos e formaturas. Nos conhecemos adolescentes ainda. Amor à primeira vista, ou como ela gostava de dizer: amor ao primeiro chiclete. Isso porque eu lhe ofereci chiclete na saída da escola, ela aceitou e pronto: estamos juntos há trinta e três anos, mastigando o chiclete e a vida. Trinta e três, não. Trinta. Porque esses últimos três não contam. Ela apenas não morreu, mas nem os olhos abre mais.

Eu me aposentei recentemente. Por depressão. Depois da bactéria, perdi as forças e o ânimo para a vida. Só não entreguei os pontos de uma vez por todas por causa dos nossos filhos, da Dirce e de um vidro de antidepressivos por semana.

Os filhos estão formados e moram todos comigo, na mesma casa. Somos uma família relativamente feliz. Digo relativamente, porque ninguém consegue ser feliz por inteiro com a mãe entrevada numa cama.

O médico que trata da Dirce me falou sobre as dificuldades legais para antecipar a morte de uma pessoa em coma. Ainda é crime desligar os aparelhos. Aos olhos da lei, é o mesmo que apertar um gatilho.

Sendo sincero, não sei se sou a favor ou contra essa lei que permitiria o fim do sofrimento. Mas também não sei se o sofrimento é da Dirce ou da gente, que sofre pensando que ela está sofrendo. Uma noite, olhando para ela, percebi que ela não sente nada. Mas e se for um sono prolongado apenas? Vou morrer sem decidir se sou a favor da antecipação da morte.

Agora que não trabalho mais, fico o dia todo em casa, pastando. Assisto à televisão, faço café, leio jornal e cozinho. De manhã, ponho a mesa para as crianças, quero dizer, para os filhos, pois a mais nova das crianças completou vinte e sete anos no dia vinte e sete do sete. Por causa dessas coincidências numéricas, me dediquei a estudar probabilidades de acertar os números de loterias. Muito difícil. Para ganhar o prêmio máximo, as chances são de um para cinquenta milhões. Tem que ter muita sorte. Só não desisto por causa do exemplo da Dirce. As chances de contrair a bactéria que a inutilizou também são assim: uma para cada trinta milhões de pessoas. A Dirce foi contemplada ao contrário. Ao invés de sorte, deu azar. Mas as chances são as mesmas.

Aqui em casa, a religião sempre esteve muito presente. Presente e diversificada. Os três filhos se tornaram evangélicos ainda muito cedo. Influência de uma tia dedicada e generosa que, aos domingos, carregava os três para a Igreja Pentecostal do Sétimo Dia. Depois do culto, cantavam, brincavam, comiam. Como uma espécie de piquenique celestial. Não sei se atraídos pelos doces ou pela palavra, sei que estão todos dando aleluia ainda hoje.

Dirce comungou, fez primeira comunhão, confessou-se bastante e, além de terços e novenas, costurava batinas e bordava paninhos para enfeitar os altares. A convivência sempre foi serena entre nós. Orávamos juntos e sempre esperávamos de Deus uma recompensa por nossa devoção. Eu sou macumbeiro. Filho de Xangô e Iansã. Criado nas ervas e despachos, fiz cabeça na adolescência e, ainda hoje, toda sexta-feira, me visto de branco e acendo uma vela para nossos anjos da guarda.

Com a enfermidade da Dirce, confesso que houve um abalo na fé. Transferimos as esperanças para médicos e enfermeiros, trocamos hóstias por comprimidos e as leituras da Bíblia por bulas de remédio. Mas, com o tempo, as coisas voltaram ao normal e, além de algumas blasfêmias, nada de mais grave foi cometido contra o Reino do Senhor.

Falo isso porque só quem convive com uma pessoa semimorta, um ente querido da importância da Dirce, é que sabe o quanto é fundamental termos o escudo da religião para nos protegermos nas horas difíceis. Rezamos juntos, eu e os meninos, na beira da cama e, ao final da oração, temos a impressão de que não há mal que dure para sempre, amém.

Agora são seis horas da manhã e vou comprar pão. Pão com manteiga, café com leite e suco de laranja. Eu, que já sonhei em desbravar terras e mares, que me imaginei voando e cavalgando, que descobri ouro e alcancei o pote do arco-íris, que dormia pensando em salvar a princesa e um dia acabar com a fome no mundo, hoje me contento em ser chamado de Seu Jair, receber um bom-dia dos vizinhos e comprar pão, leite, café, manteiga e suco de laranja para alimentar meus filhos. Talvez seja isso a tão falada felicidade. Talvez seja essa a maneira de sobreviver sereno, combatendo as bactérias enquanto não pega fogo nesse devastador mundo-cão. Viver, talvez, seja isso. Talvez.

Caminho lento pelas ruas de minha cidade e a cada passo destruo edifícios e garagens. No posto de gasolina, acendo o isqueiro e jogo no reservatório, que vai em breve arder e destruir tudo a sua volta. Sobre o estádio de futebol, lotado para a final do campeonato, arremesso o helicóptero carregado de dinamites que aluguei para voos panorâmicos. Na sede das Nações Unidas, o chefe de Estado, louro e bem-apessoado, é atingido na cabeça por um tiro certeiro. A demagogia se espalha com restos de miolos, fui eu que atirei.

É trabalhoso destruir a ponte na hora do rush, mas vale a pena. Carros despencam em alto-mar, ônibus, caminhões e motocicletas vão juntar-se aos peixes e baleias, provocando um gigantesco engarrafamento de criaturas nefastas.

Trabalho solitariamente. Não pertenço a nenhuma organização política ou terrorista. A sede nacional do maior banco mercantil do país voa pelos ares, fazendo cair uma chuva de dinheiro e pedaços de corpos no fim de uma tarde ensolarada da cidade mais bela do continente.

Minha carreira teve início ainda na infância. Comecei massacrando formigas, avancei para os pequenos passarinhos, de quem arrancava pena por pena de suas asas, depois o bico, quebrava suas perninhas e, por fim, extraía-lhes os olhos. Completado o trabalho, em um gesto de bondade, os libertava para a vida silvestre.

Aos poucos, percebi que matar bichos não me completava, não satisfazia minha necessidade de depurar o mundo. Tentei uma experiência com o reino vegetal que também não foi satisfatória. Arrancar flores, fazer sangria em cascos de árvores e jogar ácido em begônias era inútil. Aliás, nem bichos, nem plantas, nem pedras. Resolvi ir direto ao assunto. Se não causo o sofrimento pretendido em árvores, bichos e natureza, nada mais justo então do que fazer o trabalho nos meus semelhantes.

Ver o espanto nos olhos de quem pressente que chegou a hora é indescritível. Toda empáfia some, toda valentia desaparece. Homens, mulheres, crianças, diferentemente dos bichos e das plantas, sabem que vão morrer. Alguns tremem, urinam, defecam. Vertem um suor gelado e inundante. A cor desaparece dos lábios, e assumem a aparência não de quem está próximo da morte, mas dos que já morreram há décadas. Brincar com essa situação é mais divertido que brincar de cabra-cega, esconde-esconde, chicotinho queimado.

O local não importa muito, mas as execuções devem dar preferência a locais ermos, descampados e próximos de precipícios. A morte pode ser silvestre ou urbana. Cada estilo apresenta suas emoções.

Para não levantar suspeitas, comecei minha carreira matando meu próprio pai. Me vali do fato de ele ser agiota, profissão de risco, para fazer uma tocaia perfeita. Tão perfeita que um de seus clientes paga pena em presídio de segurança máxima, com condenação de trinta anos.

Os outros próximos quarenta justiçados tinham, de uma maneira ou de outra, ligações suspeitas com o submundo da agiotagem e de grilagem de terras. Se for iniciar uma carreira de assassino, recomendo dar preferência a indivíduos à margem da lei. Ou, se for mais fácil, atacar minorias, desvalidos, população de rua, gays, lésbicas e negros. Esses crimes não despertam muito o desejo das autoridades em elucidá-los.

Por mais que você fique tentado, não divida com ninguém o segredo das suas ações. Já dizia um velho ditado:

"Puta só, ladrão só, veado só". Acrescento por conta própria que, para assassino, mais só ainda.

Mas a verdade é que os crimes individualizados são enfadonhos. São cansativos e o retorno não é lá essas coisas. O massacre coletivo causa mais comoção, notícia e dor. Outra vantagem é que os grandes atentados espalham morte, mas não trazem um rosto específico, um olhar aterrorizado que, nos crimes individuais, demora a desaparecer de nossa mente.

Me divirto muito com as ações da polícia após os atos. Parecem baratas tontas. Não sabem por onde começar nem como terminar as investigações. Também é curiosa a postura de grupos terroristas que chamam para si a responsabilidade por atos que cometi sozinho. São uns aproveitadores, mentirosos, gigolôs da sanguinolência alheia. Essa é uma das causas que me fez preparar diversos ataques a esses mesmos terroristas e radicais. Vou extirpá-los da sociedade como quem destrói ninhos de ratazanas de esgoto.

Não admito o crime com viés ideológico. Só respeito aqueles que matam em busca do prazer de matar. Volúpia, sem fins lucrativos. Tudo que tenho feito tem sido muito gratificante. As insônias acabaram, a ansiedade sumiu. Sou um glutão diante de um banquete. Quanto mais como, mais apetite aparece.

Diversas vezes me pergunto o que me trouxe para esse mundo espalhafatoso de assassinatos, tiros e explosões.

Talvez esteja cravado na infância, talvez no desamor ou na solidão. Cansei de ser invisível aos olhos alheios. Me exauri da desimportância do meu ser. Os convites que não me chegaram, as rodas das quais fui excluído, a falta das passarelas e tapetes vermelhos, tudo isso significou muito para minha opção de vida, ou melhor, para minha opção de extinguir vidas.

O anonimato chega a me incomodar. Gostaria de estar nos jornais, com meu nome sendo repetido nas rodas e mesas de bares. Suporto o anonimato porque ele garante a continuidade de meu trabalho.

Mas vou assim, caminhando lento pelas ruas de minha cidade e deixando a imaginação tomar conta de mim. Sou um super-herói para mim mesmo. Super-herói na dose certa que preciso para sobreviver a essa mesmice enfadonha de todos os dias no almoxarifado dessa repartição pública. Ácaro e papel velho, carimbos, clipes e grampeadores. Salário aviltante e chefes indecorosos.

Vivo uma lenta espera pelo dia da aposentadoria. Ir e vir inútil de um barnabé de quinta categoria. Subir os três andares de um decadente edifício sem elevadores e mastigar lentamente uma comida insossa, desagradável. Ligar a tevê e me enfadar com capítulos e mais capítulos de novelas melodramáticas e inverossímeis. Programação entrecortada por musicais de baixo nível, humor sem graça e noticiário faccioso.

A soma de tudo isso me trouxe até aqui. A soma de tudo isso multiplicou a necessidade de ser alguém que usasse o pensamento e a imaginação para suportar sua própria mediocridade. E assim abro espaço na minha mente para continuar matando, explodindo, destruindo, espalhando sangue e dor por onde passo, com meus passos lentos.

Que me importa se meus vizinhos me desprezam, meus colegas de trabalho me ignoram e as mulheres não me amam? Não preciso de ninguém e, num piscar de olhos, posso destruir todos antes mesmo que o dia amanheça. Cuidado comigo. Esse zero à esquerda é muito mais poderoso do que vocês imaginam. Minha mente é fértil. Sou incapaz de matar uma barata, mas tenho potencial para destruir o mundo. Basta querer.

Eu era apenas um homem comum, de paletó e gravata, sob o sol escaldante do meio-dia, prestes a atravessar uma rua. Tão comum quanto a expressão "sol escaldante".

O tempo de espera para um sinal de trânsito fechar e um sinal para pedestres abrir é um tempo dúbio, relativo. Pode parecer rápido ou pode lembrar a eternidade. Esse tempo depende de muitas variáveis: a programação feita pelos engenheiros, a rede elétrica, o volume de tráfego e tantas outras vertentes concretas inumeráveis aqui.

E tem o tempo subjetivo, aquele que os cronômetros não detectam e as luzes vermelha e verde não conseguem comandar. O tempo dos absortos, dos distraídos, dos preocupados, dos incertos e inseguros. Esse era o meu tempo. Poderia estar em qualquer outro lugar, decorando qualquer paisagem. Por acaso estava ali, esperando minha vez.

Atualmente, tenho pensado em inutilidades. Nem sei se sempre pensei o que não tem serventia ou se, agora, penso que penso inutilidades porque passei a dar atenção a elas. Uma das joias do pensamento inútil me ocorreu ali mesmo. Achei curioso perceber que esse cruzamento no centro da cidade é como a roda da vida. Para que o sinal se abra para mim é preciso que ele se feche para outros. Um de cada vez, de maneira organizada. A luz fica no vermelho, os automóveis param e o verde autoriza minha travessia. Neste movimento intermitente, os carros seguem e os pedestres continuam em suas caminhadas. Como na vida. Nunca pode estar verde para todos nem vermelho eternamente.

Não contente com essa constatação, vi ainda semelhanças entre as palavras: semáforos, sarcófagos, trânsito, féretro, sinesíforo e sinal. Sinal dos tempos, sinaleiros, selvas e silvas. Como podem perceber, uma antologia épica de pensamentos inúteis.

Acredito que esteja aqui, parado, sem atravessar, por um longo tempo. Tal qual um guarda de trânsito, montei posto e, com um apito imaginário, comando as paradas e travessias.

Aprecio modelos de carros e tipos de gente. Todas as marcas e modelos. Gente zero quilômetro, reluzindo a lataria, gente antiga, gente usada e até mesmo gente que só interessaria a colecionadores. Carros possantes, táxis, motocicletas, patinetes, fumaça, óleo, pneus. Gente saltitante que atravessa a avenida com rapidez olímpica, gente lenta que se arrasta e só consegue alcançar a outra margem da avenida por milagre.

Carros sóbrios, silenciosos, gente sóbria e gente colorida. A faixa de pedestres funciona como uma passarela democrática e justa. Por ela, todos podem desfilar. Não tem mão e contramão. Os transeuntes criam um código próprio para usar o espaço sem abalroamentos, sem atropelos.

Até um improvável cachorro cruzou a faixa. Obediente e ensinado, feito gente grande e treinada, parou, aguardou e, na hora exata e permitida, com a superioridade de quem tem quatro patas e não apenas duas, célere e ritmado, foi também para o outro lado da rua, cuidar de seus afazeres caninos.

A performance daquele cão me aflorou mais uma leva de pensamentos inúteis. De onde vem essa cachorrada que vive solta nos becos? Que vira as latas e mija nos postes sem cerimônia, sem autorização de ninguém? Me refiro aos cães sem dono. Nada a ver com seus companheiros com pedigree e proteção familiar. Não falo dos cães que comem na hora certa, três refeições ao dia de ração balanceada e que têm os pelos tosados, os dentes escovados e proteção contra pulgas e carrapatos. Esses, agora, não me interessam. Frequentam *pet-shops*, são vacinados contra raiva, usam agasalhos no inverno, dormem em lugar seguro, jamais em lugares incertos e desconhecidos. Nascem, crescem, vivem e morrem no aconchego de uma família e, ao fim de suas vidas, são cremados ou enterrados em cemitérios de animais, com direito às exéquias e lágrimas de seus proprietários. Não são esses que me interessam. Por esses, todos se interessam, cuidam e amam.

Penso nos cães sem dono, errantes, sem pouso certo. Cães que não sabem quem são seus pais, sua procedência, desconhecem sua raça e que sobrevivem a todas as espécies de maus-tratos e vilanias. Os que são apedrejados, que carregam feridas abertas alimentando bernes, os que cheiram mal e, ainda assim, buscam proteção, balançam o rabo, pedem para serem aceitos.

Vejo muitos deles nas calçadas, nos becos e marquises acompanhando mendigos e bêbados, loucos e desvalidos. Encontram na miséria humana acolhimento para suas misérias animais. Por vezes, são recolhidos em abrigos da prefeitura, onde são castrados, vacinados e, depois de aguardarem inutilmente uma adoção, são soltos nas ruas para que prossigam suas batalhas.

Eles procriam e proliferam em velocidade surpreendente. O cio é mais forte no desamparo. Ao contrário dos que possuem raça e pedigree, que são vendidos antes mesmo de serem paridos, esses meninos pobres, digo, esses cães pobres recebem, como mãe, o desamparo e, como casa, as agruras e a intolerância das ruas. Por isso, admiro muito quando vejo um de seus sobreviventes atravessando uma faixa de pedestres, misturado com tanta gente de raça.

Mas sou apenas um homem comum de paletó e gravata aguardando o sinal fechar para os carros e abrir para os pedestres para que eu possa atravessar a avenida larga e imponente e ir para onde mesmo? Não sei. Estou atordoado, sem eira nem beira procurando quem me queira. Isso.

Acabei de ser demitido da empresa em que passei vinte e cinco anos de minha vida. Faz mais ou menos duas ou três horas que fui comunicado pelo departamento de recursos humanos que a trajetória terminou.

Nada pessoal, nada que desabone minha conduta, apenas ajustes, reajustes financeiros e administrativos, realocação de recursos, nova etapa na vida da empresa, modernização, custo-benefício, tecnologia inovadora, pressão do mercado, expertise, globalização, renovação, crise, CEO, retomada, fatia, posicionamento, muitas palavras, expressões, lero-lero e não me enquadro mais na nova agenda, sendo assim, rua para mim.

Não vamos desampará-lo, não me desampararão. O plano de saúde continua valendo por mais três meses, adoeça tudo que tenha que adoecer nestes próximos três meses, a empresa não emitirá mais carta de recomendação para os demitidos, tenho até amanhã para desocupar as gavetas, a mesa e não mais usar os acanhados banheiros dos funcionários do segundo escalão e rua.

Todos os direitos adquiridos serão honrados, as verbas indenizatórias estarão ao meu dispor, o fundo de garantia por tempo de serviço, o décimo terceiro, as férias, o muito obrigado por tudo e rua.

Obrigado e sei que, se alguma coisa mudar, terei a preferência na readmissão. É difícil, mas não impossível, grato pela dedicação e rua. Saudações à família e rua. Somos gratos por tudo e rua. Não desanime e rua e por isso estou aqui, de paletó e gravata, sob um sol escaldante, aguardando o sinal abrir, o sinal fechar. Na rua.

Passei a vida esperando a hora certa de atravessar. Fui fiel e respeitoso, guardião das regras e bons comportamentos. Pontual, ciente de meus inúmeros deveres e parcos direitos. Entrei pela porta da frente, sem ajuda, sem pistolão. Assisti com esses olhos cansados ao crescimento da empresa. Estava lá quando deixamos de ser uma sociedade limitada e nos transformamos em uma sociedade anônima. Recebi cinco ações preferenciais como prêmio.

Me imaginava dono, sócio daquela frondosa empresa que reguei com meu suor e vi florir. Acompanhando esse crescimento, não vi crescer meus filhos e deixei de amar meu amor. Mil perdões, Neusa. Você bem que me avisou.

Fiz tudo certo, e agora deu tudo errado. Como será a vida dos que arriscam, dos que desobedecem, quebram regras, destroem tabus? Como será a vida dos cães sem dono, dos que vivem sem a garantia da certeza e confiam no que está por vir?

Será que chegou a hora de extrapolar, de desobedecer? Estou sentindo isso pela primeira vez em toda minha vida. Vontade de experimentar. E, olha, te juro que não estou revoltado ou carregando sentimento de injustiça. Isso não. Não sou nenhuma inteligência excepcional, mas também não sou burro a ponto de não perceber que mais cedo ou mais tarde isso iria acontecer. Só é demitido quem está trabalhando.

Encontrei dificuldades em abandonar a escrituração manual, os grandes livros e mergulhar no mundo das planilhas eletrônicas, nas tecnologias de informação. Me reciclei. A idade não me inibiu de conviver com jovens inexperientes em cursos e mais cursos de informática. Mas não deu. O esforço nem sempre é suficiente na superação de barreiras. Essa era uma morte anunciada. Só não pensei que fosse agora, já, hoje.

O desemprego é tema que ocupa todas as manchetes de jornais e debates de especialistas. Engraçado como analisar o desemprego garante o salário dos especialistas em analisar o desemprego. O que eles farão da vida se o desemprego os desempregar também?

Mas não é isso nem aquilo que me impulsiona nesse instante. Busco novidades, fazer algo desconhecido. Enterrei minhas emoções naquele escritório fétido, catacumba de minha juventude. Lá só experimentei o previsível, o correto. Agora não, desafiando a lógica, a razão e a prudência, vou atravessar essa avenida com o sinal aberto para os carros e fechado para mim. Está passando da hora de conhecer essa sensação. Chega de respeitar as regras e lá vou eu, um homem simples, de paletó e gravata, rumo ao desconhecido.

Foi um táxi, eu vi que foi um táxi, só isso. Me joguei com precisão diante dos carros, e calhou desse motorista de táxi ser o escolhido para dar fim à minha vida. A faixa de pedestres engarrafou, quem sabe pela primeira vez. Todos os transeuntes rodeiam meu corpo, ou o que sobrou dele. Até o cão sem dono veio me farejar. As listras brancas do asfalto ganharam um vermelho especial. Já tem polícia e ambulância, buzinação e impaciência. Com certeza os colegas do escritório vão descer e atribuir meu gesto à demissão. Não permitam, digam que não. Digam a eles que fiz porque quis. Experiência nova, reciclagem. Peçam desculpas ao motorista do táxi. Atrapalhei sua diária, atrapalhei seu percurso. Desviem o trânsito, tomem providências. Agora sou o principal assunto dessa larga avenida. Estou pronto, feliz. Eu era apenas um homem comum, de paletó e gravata, sob o sol escaldante do meio-dia, pronto para atravessar a rua. E atravessei. Ponto-final.

Quanto sofrimento enfrentei por não ter nascido uma pessoa simples! Essa mania de querer explicar tudo, entender o âmago das coisas, enfurnar-me nos labirintos.

Ninguém é complicado porque quer. Muito menos é treinado ou educado para esse fim. A falta de simplicidade é meio que uma maldição dos deuses minúsculos que se ocupam em dificultar a vida alheia.

De todos os elementos da natureza, o homem se destaca justamente por não conseguir viver simplesmente a vida como lhe foi ofertada. Para ele é pouco, quer mais, sempre mais e mais, até conseguir chegar a lugar nenhum.

Ignoram o exemplo dos pássaros, das plantas, o giro contínuo da Terra em volta do Sol ou vice-versa e seguem sem a humildade de admitir que sua interferência é dispensável para o fluxo natural do ciclo da vida.

Me apaixonei por uma namorada, bela, linda, natural e simples. Enquanto eu sofria tentando desvendar as armadilhas e a essência do amor, ela simplesmente me amava. Quanto tempo perdi, quantos beijos não dei! Me considerava um cara muito inteligente, tão inteligente que ela me disse um dia não entender quase nada do que eu dizia.

Na cama, quando eu lhe perguntava, quase inquisitorialmente, qual era o significado do amor, ela sorria, cativante, desmanchava meus cabelos com suas mãos e sentenciava: "Deixa de besteira, meu maluquinho, vamos aproveitar que o dia está quase amanhecendo".

Envergonhado com minha incompetência na arte de deixar fluir, de simplesmente aproveitar o amor, desapareci numa madrugada fria, para preservar a pureza e a simplicidade daquela deusa de carne, osso e talento para viver.

A simplicidade às vezes me causa inveja. Observo os homens simples, operários sacrificados pela rudeza de suas profissões, e fico a indagar, perplexo, como conseguem sorrir, cantar e talvez fazer de conta que tudo está no seu lugar, que é assim que tudo deve ser.

Também observo os que, assimetricamente, moldaram suas vidas de acordo com as suas condições financeiras e materiais. Ganham por mês o que gasto em poucos dias e, mesmo assim, suprem suas despensas, criam seus filhos e bebem cerveja ao entardecer.

São sábios os simples. A eles foi prometido o reino dos céus. Já me perguntei se a simplicidade estaria ligada unicamente à pobreza, à miséria material. Não sei bem qual é a resposta, sei apenas que o luxo e a riqueza preferem a parceria do complicado à simplicidade do simples.

Tenho lutado bastante para atingir este estágio confortável da simplicidade e, confesso, não tenho conseguido. Talvez seja sina, maldição ou praga de elefante. O certo é que o tempo está passando rápido como a simplicidade dos ventos que suavizam, refrescam e varrem o mundo, mesmo que, por vezes, transformem-se em tornados e furacões, complicando, preferencialmente, a vida dos que moram e vivem com a mais absoluta simplicidade.

Eu não sabia aonde queria chegar. Eu nunca soube aonde queria chegar e talvez por isso tenha chegado até aqui, a lugar nenhum. Na verdade, eu nem sabia onde estava quando resolvi partir. Quem não sabe de onde vem não sabe para onde vai. Andei em círculos, é verdade, busquei atalhos e soneguei distâncias. Nau sem rumo, trem descarrilhado, avião em pane caindo, caindo, antes mesmo de decolar. Isso é o que sou, um desastre, catástrofe, notícia ruim, diagnóstico de fatalidades.

Ergui as muralhas que me aprisionam e joguei no lixo as cartas de navegação. Viajei por estrelas e colhi nevoeiros, icebergs, encalhes. Comandante desmoralizado de uma tripulação que desembarcou.

Me vendi por bagatela vil e não encontrei compradores, me ofereci de graça e não encontrei interessados. Sou o que valho e, no açougue dos homens, não valho nada.

Caricatura de mim mesmo, tento recuperar contornos de uma imagem distorcida, desprezada e que nem o mais reles dos catadores de imperfeições ousa aceitar.

Fui alertado e ignorei. Ousei, não por acreditar que seria possível, mas por absoluta falta de opção. Sou dos que nascem fadados a destino curto, a horizontes limitados. Encontrei portas fechadas, festas interrompidas e meu enxoval de pagão foi feito de mortalhas.

Meu ar soberbo não condiz com as derrotas acumuladas. Insisto em não me dar por vencido, nego o triunfo ao vencedor. Dilacerado, busco me recompor e absorvo as flechas que me desferem, como se elas fossem pétalas de rosas disparadas em direção ao alvo equivocado.

Não percam tempo deitando atenção em mim. Dediquem-se aos seus afazeres, ocupem-se de suas batalhas. Sou a cor da tragédia, o som dos desatinos. O acrobata lança-se no espaço e, em seu salto triplo mortal, não encontra mão que lhe ampare. A rede de proteção foi retirada e o acrobata se espatifa no chão. A plateia se espanta e, em seguida, aplaude a próxima atração. Nesse caso, a plateia sou eu, o acrobata sou eu e a próxima atração também sou eu. Quem é tudo não é nada.

Vivi nas tocas, nos guetos, disputando com vermes e ratazanas o direito do dia a dia. Me alimentei de orgulho, na escassez do pão. Dividi o que não possuía e acolhi desventuras que não me pertenciam. Foi por teimosia que cheguei até aqui. E por teimosia insisto em continuar.

Afora minha pessoa, tudo caminha bem nessa cidade. Os relógios estão pontualmente ajustados e a confeitaria oferece doces e novidades. O jovem advogado, criminalista bem-sucedido, pede em casamento a mão da nutricionista vegana, e o pai da moça concede.

Os cartórios lavram escrituras e protestos. No judiciário, o servente se esmera em polir a estátua símbolo, cujo emblema é uma divindade grega que, enquanto está vendada, segura em uma das mãos uma balança e, na outra, uma espada com notável galhardia. Tudo estará limpo, conservado.

Às seis e cinquenta, o oftalmologista executará a cirurgia nos olhos do sr. Carlos Augusto de Abreu. Cirurgia simples, mas que dará ao militar aposentado a possibilidade de voltar a ver suas medalhas em foco. Louvemos, pois, a importância do cristalino na visão do mundo.

Na suíte luxuosa de uma mansão de uso familiar, o casal chega ao fim de mais uma tentativa de prazer. Em silêncio, admitem que não nasceram um para o outro. O orgasmo foi morar debaixo de um viaduto.

Não importa o jejum do rabino, não importa o celibatarismo do frade. Nem sequer importa que o Estado Islâmico tenha bombardeado as construções piramidais do século III antes de Cristo, não importa. Tudo vai bem na bolsa de valores de Hong Kong e isso, sim, importa.

Por ora, vou eu aqui, caminhando a esmo, sem saber de onde vim e para onde irei. Cabelos infestados de piolho, sarna e alergias pelo corpo, piorreia nos dentes e uma sacola de penduricalhos inúteis em uma das mãos.

Caminho por viadutos, túneis e rodovias. Vou procurando um pedaço de arame ou uma ponta de cordão para amarrar minhas calças. Busco sobras para me alimentar na fartura das lixeiras e ouço o som de uma voz desconhecida que me ordena a não parar, não desistir, teimar.

À noite, chegam os cristãos com sopa quente e palavras de consolo. Os colegas fazem fila e agradecem a generosidade. A polícia passa com as sirenes ligadas, com as luzes piscando. Um homem pobre ganhou na loteria, e uma criança que caiu ou foi jogada do quinto andar escapou com vida, sem nenhum ferimento. E vamos todos assim, devotados, cordeiros de Deus, ansiando pelo próximo milagre.

Encontro uma chave velha e enferrujada no chão de pedras, essa chave não tem mais o dom de abrir nada. Encontro um espelho e não sinto vontade de me ver. Minha cidade dorme e, às margens dela, me deito para contemplar as estrelas que um céu negro engoliu para sempre. Definitivamente, não sei mais quem sou.

Sobre o que mesmo eu estava falando? Tudo tem passado tão rápido que já não consigo mais juntar um pensamento ao outro. Essa casa não me parece estranha. Nem seus móveis, nem seu cheiro, nem as pessoas que por ela não transitam mais.

Alguém levou o porta-retratos que ficava na mesa de cabeceira. A fotografia colorida da família reunida e feliz também desapareceu.

Hoje devo ir ao banco fazer prova de vida. Minha camisola rasgou e não encontro agulha e linha para coser. Coser? Coser, não, já não se usa mais essa expressão.

E o André, por onde andará o André? Será que ele morreu? Ele era tão bonito quando o conheci. Tinha olhos claros, bigode, barba e usava um pincenê. Lembrava Machado de Assis se Machado de Assis não fosse negro.

Nosso casamento foi muito bonito. Uma celebração simples, mas com muito significado. Terezinha foi a dama de honra, e como estava lindo aquele raiozinho de sol. Terezinha chorou na hora de entregar as alianças.

O padre Pedro está preso. Foi ele quem nos casou. Fez um sermão comovente naquela tarde-noite de maio. Padre Pedro está preso por pedofilia. Já imaginou um padre pedófilo? Não sei como Deus permite que isso aconteça.

O André era o guarda-livros de uma grande empresa. Guarda-livros? Guarda-livros, não. Não se usa mais essa expressão. Santo Deus, como tudo muda de repente!

Agora não me lembro mais o que eu ia dizer. Sobre o que mesmo eu estava falando? Já sei. Meu neto vem me buscar para me levar ao banco, fazer prova de vida. Já falei que de seis em seis meses tenho que ir ao banco fazer prova de vida? Pois é, tenho que mostrar que estou viva para continuar recebendo a pensão que o André me deixou.

A prova de vida é para evitar que meliantes que vivem continuem recebendo a pensão daqueles que já foram como se ainda estivessem vivos. É pra isso que serve a prova de vida.

Mas espera aí. Se vou receber a pensão que o André me deixou é porque então ele me deixou. Ele se foi. Ele morreu ou se separou de mim? Puxa vida, gente. Ninguém tem paciência de me explicar nada, ninguém tem paciência comigo. Me sinto um estorvo, uma morta que se esqueceu de morrer.

Vou ao banheiro. Preciso fazer minha ablução matinal. Ablução? Ablução, não, que não se usa mais isso. Vou lavar o rosto, jogar uma água na cara. Que horror! Até para ir ao banheiro preciso usar esse andador. Odeio o andador, mas preciso dele. Odeio muitas pessoas, mas preciso delas. Se pudesse, me livraria desse andador e dessas pessoas de uma só vez. Imagina chegar na minha idade e andar feito criança, apoiada em um andador.

Hoje vou colocar meu vestido azul com o xale branco. Uso esse vestido com o xale para matar um pouco a saudade dos meus tempos do Instituto de Educação. Fui muito feliz ali. Pedagogia, ciências, laboratórios, piscina funda, trampolim alto, o hino e a saia azul, blusa branca. Saia plissada, boas notas, aprovada, diploma.

Não posso contar a ninguém o segredo da Willma. Willma com "dáblio" e dois "eles", como gostava de dizer.

Willma perdeu a virgindade com o professor Jesus. Professor de História. Perdeu a virgindade na sala da diretoria, no sofá.

Ela me contou e pediu para que eu não contasse para ninguém, nunca. E por que será que estou contando? Santo Deus! Já não sou mais de confiança. Desculpa, Willma. Desculpa, professor Jesus.

Jesus safado. Deflorou a menina e se casou com outra. Coitada da Willma. Abandonou os estudos e fugiu pra Barbacena, no interior de Minas Gerais. Barbacena fica em Minas ou em Pernambuco? Não sei mais. Acho que é em São Paulo ou em Porto Alegre, não sei mais.

E pensar que eu era a melhor aluna em Geografia. Nascentes e afluentes. Merda de Geografia. Do que adianta saber as fronteiras, a geografia do planeta se, para chegar na fronteira do banheiro, preciso de um andador? Nada mais adianta de nada.

Vou tomar meus remédios. Quinze comprimidos por dia. Ou será um comprimido de quinze em quinze dias, ou quinze minutos de quinze em quinze, ou será *O quinze*, de Rachel de Queiroz?

Eu estava falando de *O ateneu*? Quem foi mesmo que escreveu *O ateneu*? Sempre fui péssima em Literatura. Acho que foi José de Alencar, ou terá sido Olavo Bilac? Foi Bilac que escreveu *Iracema*?

Agora é isso. Estou chorando sem motivo, sorrindo sem razão. Vou catar feijão e cozinhar dois inhames com abóbora para botar na salada. André gosta muito de inhame. Inhame e beterraba cozida. Coloco cenoura, alface picadinha e fica uma bandeja linda, colorida. André diz que dá até pena de comer uma belezura dessas. "Tinha que ser fotografada", diz ele. Dizia ele.

Será que já tomei banho? Gente velha precisa ficar cheirosinha. Além de velho, sujo nem o capeta aguenta. Vou usar o sabonete de glicerina e depois passar a alfazema, o ruge rosa, o esmalte cintilante e o talco antialérgico. Para abrir o apetite, Biotônico Fontoura. Preciso rezar.

São dez horas da manhã e ainda não fiz nada. Sinto muito calor, mesmo nesse inverno. Calor por dentro, diferente do calor por fora.

Também não sei por que estou tremendo tanto se não estou com medo nem com frio. Quem sabe um chá de camomila ou talvez conferir se as joias estão no lugar? Meu anel de formatura, meu colar de pérolas falso, minha pulseira, meu cofre. Qual é o segredo? Qual é o segredo do meu cofre? Duas voltas para a direita até o trinta e cinco, meia volta até o catorze, duas voltas completas até o... até onde mesmo? Duas voltas, meia volta, direita, esquerda, meu anel de formatura.

Sobre o que mesmo eu estava falando? Ah! Já sei. Tenho que tomar banho para ir ao banco com meu neto para receber a pensão que o André me deixou. André? Quem é mesmo o André? Era o padre pedófilo? Não, esse era o marido da Willma que foi para Caruaru, em Santa Catarina. Não, não é nada disso. Já sei. Já sei.

Tenho que ir ao banco fazer a prova de vida. Engraçado. Faz tanto tempo que não faço outra coisa a não ser ir ao banco fazer essa prova. Engraçado como tudo muda de repente. Até para viver preciso fazer prova de vida. Engraçado. Mas sobre o que mesmo eu estava falando?

Estou sozinho neste planeta inundado de gente e nuvens. O homem está predestinado a ficar preso em si mesmo. Afora o pensamento, nada mais pode nos libertar. Aliás, nada pode *me* libertar, pois tudo o que eu disser vou dizer em meu nome, na primeira pessoa do singular. Não quero arrumar encrenca com ninguém. Sou eu só, somente eu só e só estou. Só.

Percebi que estava só neste mundo quando me afastei de tudo e me sentei à beira de um córrego, numa noite ilustrada de estrelas, olhando o espaço sideral. Tive a certeza de que a solidão seria minha companheira de vida.

Morar nas cidades, andar em transportes coletivos, subir elevadores e fazer compras no mercado, tudo isso e outros costumes nos dão a ilusão de que não estamos só. As vozes, os risos, os ruídos e os movimentos alimentam esta falsa impressão. Tudo falso. Nada concreto.

Aqui onde estou é a Fazenda do Ermitão. Ficou assim conhecida por abrigar o dr. Carlos Marques, famoso professor e cientista que se mudou para cá, ou refugiou-se, como gosta de dizer, ainda na década dos Beatles e dos Rolling Stones.

Não se propôs a ser guru ou guia espiritual de seitas ou indivíduos. Veio porque as terras eram suas, e a vida dentro de laboratórios e academias científicas lhe havia trazido tédio e desilusão.

Não tinha mulher nem filhos. Não tinha animais de estimação e considerava seus alunos, colegas e vizinhos pessoas desinteressantes, "sem nenhum interesse real em perseguir o novo, o inusitado, o extravagante".

Dr. Carlos, em palestras e livros, reafirmava que a experiência alheia deveria ser usada tão somente como informação ou diretriz do pensamento e nunca como se fosse experiência própria. Se Romeu e Julieta já viveram o maior amor do mundo, para que amaríamos então? Se Vivaldi, Bach, Beethoven e Mozart já compuseram obras-primas musicais, por que insistir em novas sinfonias? Era mais ou menos por aí que ele deslizava suas questões e foi por aí que me interessei em acompanhá-lo mais de perto.

Ainda jovem, fui assomado por emoções mortais. Sentimentos que não encontravam lugar e sensações que apontavam a morte, o suicídio, como única solução para incertezas tão doloridas.

Não encontrei par na vida. Mesmo os mais próximos, como pai e mãe, tentavam me compreender, dialogar, entender, mas o enorme abismo da inquietação só aumentava e a benevolência com o meu hermetismo agravava mais ainda minha desesperança.

Um padre, muito culto e inteligente, me aconselhou a buscar a simplicidade, a convivência com a natureza e um descanso para o pensamento. Me disse um dia que "neste ritmo que você vai, nem Deus te aguenta".

Fiz de tudo para conseguir ser superficial. Ou deixar de ser um idiota que não para jamais de pensar, duvidar, questionar, se opor.

Não via uma bola como todas as crianças certamente viam. Via a bola e me perguntava por que ela rolava, por que era redonda e não quadrada como o caixote que guardava as frutas na cozinha de casa? A bola passava por mim e eu não a segurava, não chutava, não me relacionava. Só me interessava em saber o que a fazia rolar em torno de si mesma.

Nem preciso dizer que os meninos de minha idade me tiravam das brincadeiras e nem no banco de reservas me era permitido sentar. "Lugar de maluco é no hospício." E assim o jogo prosseguia, deixando para mim o placar adverso, o zero a zero minguado que a bola reserva àqueles que, em vez de aceitá-la tal como ela é, ficam duvidando da sua natureza lúdica e esférica.

Carlos Marques, o ermitão, cometeu a insensatez de me oferecer abrigo quando precisasse, quer dizer, abrigo ficou por minha conta, pois o que ele disse, na verdade, foi que eu poderia aparecer qualquer hora dessas "pra gente bater um papo aqui na fazenda". Mas, pra mau entendedor, uma palavra não basta. E estou aqui.

Na Fazenda do Ermitão, além de algumas reses e cursos ricos de água límpida, cultiva-se também a agricultura de subsistência. A área preservada, nativa mesmo, representa o maior percentual. Ele não tem empregados e faz a lida sozinho. Os bichos sentem-se em casa. Pássaros encarregam-se da algazarra matinal. São como crianças, não ficam quietos e tagarelam incessantemente.

Carlos Marques descobriu propriedades alucinógenas muito mais fortes do que as que são produzidas pela conhecida maconha ou pela ayahuasca. Essas propriedades são encontradas numa espécie de mandioca bruta, enraizada fortemente na terra de onde, com certeza, busca a seiva especial. Carlos não vende, não negocia e raramente deixa alguém experimentar além dele próprio.

Não se fuma, nem se bebe, nem se come. É com dentadas animalescas que se chega à transcendência. O principal efeito é o da saída da alma da região corpórea em direção ao desconhecido. E o interessante é que o itinerário não se repete jamais. A cada nova dentada, um novo destino.

Não pensem que o Carlos Marques é um drogado que vive fora de órbita. Ao contrário. O camarada tem o pé no chão e a cabeça na Terra. Ele realiza essa "mascagem de mandioca" no máximo três ou quatro vezes ao ano. Geralmente acompanha as mudanças das estações climáticas. No dia a dia é mão na enxada e olhos na poeira. Ainda enfrenta a sanha criminosa de invasores de terra, desmatadores e grandes latifundiários que acham um desperdício tanta mata em pé, sem gerar lucro, atravancando o progresso e servindo de mau exemplo para as futuras gerações. Carlos Marques enfrenta todos eles com valentia e altivez, às vezes à bala também.

Almoçamos uma galinha caipira com quiabo no dia em que cheguei. Comemos frutas na sobremesa e regamos nossa conversa com licor de jabuticaba, que era a fruta da vez. Contei a ele que, após um período razoável, a agonia havia de novo se apossado de mim. Não estava suportando a mesmice do dia a dia urbano. Os jornais pareciam repetição e noticiavam a mesma coisa, os mesmos fatos, algumas vezes apenas mudando o nome dos personagens envolvidos.

Contei que a invasão de privacidade extrapolara os limites. O direito à seletividade estava massacrado. Já não era mais possível ouvir a música que se quisesse ouvir, ler o livro que se quisesse ler. Ouve-se apenas a música que toca. Tudo é sucesso nessa grande parada de fracassos medíocres.

A universidade foi invadida por um exército de bárbaros idiotizados, violentos e retrógrados. Odeiam a pesquisa, abominam a ciência e renegam a história. O esporte perdeu a arte e a arte perdeu a sutileza. Nada mais é sublime nas relações humanas. O homem, infelizmente, acabou por se tornar um estereótipo de si mesmo.

Dr. Carlos Marques me disse apenas que tudo isso era esperado, previsível e que, com certeza, iria se agravar. Levantou-se, trouxe um cobertor rústico, uma pequena tigela com doce de abóbora e mandou que eu ficasse no rancho de palha, erguido na beira do córrego.

Econômico em gestos e palavras, determinou:

— Fica por lá o tempo que for preciso. Para viver, tem de tudo no rancho. Não se acanhe de me procurar. Vai pensar, faz bem. Procura só não se atrapalhar demais pra não atrasar o processo. As águas estão chegando. Aproveite. É preciso.

Os meses se passaram com sol, chuva e vento. Praga de gafanhotos e febre aftosa também estiveram por aqui. Meus nervos se adequaram ao ambiente e a ansiedade encontrou repouso nas árvores, na Via Láctea e na solidão.

Dizer que estava curado seria uma ousadia impensável. Por mais que estivesse em sintonia com meu ser, os fantasmas do passado não davam trégua alvissareira. As ondas magnéticas que por anos e anos invadiram meu corpo, volta e meia retornavam, como eletrochoques, sentinelas da minha prisão.

Depois de recolher os ovos, dos quais comia dois crus, coei o café e aguardei sereno algum acontecimento que pressentia que iria acontecer.

Não tardou uma brecha de segundo para que Carlos Marques aparecesse na porta do rancho sem porta. Estava altivo como sempre, sereno como de costume e compenetrado como nunca.

Fiquei feliz em revê-lo. Era nosso segundo encontro desde que chegara nessas bandas.

Avisou que a passagem seria breve e se interessou em saber como andava minha magoada alma. Fiz um relato positivo e isso pareceu deixá-lo feliz.

Me pediu para entrar, como se a casa não fosse dele, sentou-se no estrado que me servia de cama e retirando de um embornal um pedaço grande da mandioca, me dei conta de suas intenções.

Me informou que hoje seria o dia de sua última e definitiva viagem. Concluiu que sua missão estava completa e a hora era de desvendar, ou tentar, ao menos, os mistérios mais misteriosos.

Caso me interessasse, estava na mesa da casa dele uma procuração ou testamento ou documento assim que me passava a propriedade e tudo que dentro dela havia, inclusive a plantação da mandioca milagrosa.

O rito aconteceria no meio da noite, antes da madrugada. Recomendou que eu enviasse para a universidade todos os seus escritos inéditos, e que os bonequinhos de madeira que havia esculpido durante toda sua vida fossem entregues na Academia Brasileira de Ciências. Tendo recebido a certeza de que tudo seria feito de acordo com sua vontade, me pediu que desse licença, pois necessitava descansar, visto que a última viagem é sempre a mais longa de todas. A viagem que não tem volta.

Mergulhei lentamente nas águas calmas do Rio Doce e esperei a luz do sol se despedir, raio a raio, por detrás das pequenas montanhas da nossa fazenda.

Carlos Marques havia estendido uma esteira de palha na porta do rancho e comido todas as mandiocas mágicas. Deixou seu inseparável chapéu de palha de carnaúba ao lado e, já com os olhos fechados, deixou sair um sutilíssimo sorriso no canto da boca.

Eu, que me mantinha lúcido até onde era possível, comecei a assistir a um dos mais impressionantes espetáculos que me foram dados nessa vida insana.

O corpo de Carlos Marques flutuou quase que imperceptivelmente sobre a esteira. Coisa de quarenta centímetros, se muito. Aos poucos, vi sua alma se desprender do corpo e seguir o rumo das estrelas. A noite era azul, tão azul que nem parecia noite. A Lua se aprontou para a ocasião tão solene. Aquela alma foi subindo, subindo até se tornar irreconhecível, misturada à poeira de estrelas e meteoros que vivem lá no céu.

Olhei para a esteira e o corpo de Carlos Marques já não estava ali. Evaporou-se, sumiu. Só ficou o chapéu, que imediatamente pendurei no galho de um limoeiro e lá o deixei para sempre.

Passei a usar boa parte do meu tempo olhando para o céu em busca de vestígios de meu amigo. De dia, no incessante movimento das nuvens, quando elas aparecem, o vejo inquieto, turbulento, querendo despencar em forma de chuva. À noite, nas faíscas cadentes, na luminosidade da Estrela D'alva ou na quietude do Cruzeiro do Sul, eu o vejo reflexivo, pensante, professor.

Carlos Marques foi um marco em minha existência. O pai que não tive, o amigo, o irmão, a exceção ao lugar--comum. Ter testemunhado e relatado parte de sua vida e, mais precisamente, o fim dela aumentou ainda mais o preconceito com a minha pessoa. Agora eu era em definitivo um débil mental, louco e delirante. Era assim que me viam, era assim que me taxavam.

Pouco importava esse olhar maligno e ignorante que lançavam sobre mim. O que me orgulhava era o fato de ter desfrutado, bem menos do que eu desejei, da companhia e atenção de tão querido professor.

Nas poucas vezes que venho ao centro da cidade tratar de impostos e escrituras, já não sou mais apanhado pela quadrilha de angústias e pensamentos confusos. Agora sei que uma bola é uma bola e que gira em torno de si mesma porque nasceu assim, esférica e lúdica, e que está pronta para ser chutada, embalada ou ignorada.

Sigo meus passos com a cabeça no infinito. Sei que estou só neste mundo e assim caminharei até o último pôr do sol. Mas sou livre, viajo, devaneio, exploro todas as possibilidades que meu pensamento permite. Criei coragem e, com mandioca mágica ou não, me asseguro na certeza de que a qualquer momento posso decidir seguir viagem, abandonar este presídio insalubre que se chama corpo e me detonar rumo ao infinito, zanzar no espaço e, quem sabe, encontrar Carlos Marques, professor e cientista, sentado descontraído em um planeta qualquer, divagando sobre as possibilidades imensas de um dia voltar à Terra e, quem sabe, apanhar seu chapéu de palha de carnaúba nos galhos do limoeiro.

Sem regência digna, meu coração bate descompassado e fora do tom. As artérias entupidas de insensatez e vícios não permitem que chegue até ele o sangue limpo, vital para sua sobrevivência. Tristes órgãos do meu corpo, que se reúnem às escondidas em algumas vísceras e comentam, sorrateiramente, sobre os maus-tratos que venho lhes causando. O fígado, encharcado de álcool, dá sinais de fraqueza e pensa em desistir. Repleto de gordura, assiste triste às cicatrizes fatais da cirrose a lhe corroer. E assim se sucede também com os rins, que se mostram enojados de filtrar impurezas e aflições. As cordas vocais, atacadas pela nicotina e pelo alcatrão, aos poucos emudecem e já não servem mais de passagem para cantos e melodias. O tempo se encarrega de esfarelar os ossos e empenar a coluna cervical. O prédio está próximo do desabamento. Vive escorado em frágeis amparos que não escondem a imperfeição do alicerce. E, na poeira que sobe a cada pedaço que se desfaz, afogam-se os pulmões, inalando a podridão dos tempos e da rua. Vias respiratórias engarrafadas numa eterna hora de um rush impiedoso.

O corpo é um escravo do dono. Não pode fugir, abandonar ou mesmo denunciar as torturas a que é submetido no dia a dia. Por tantas crueldades recebidas, a anatomia deste corpo já está próxima de deixar de ser uma anatomia humana.

Os abutres rondam a presa. Não é justo que um cérebro, onipotente e suspeito, conduza o destino de tantos órgãos importantes. Se este cérebro resolve ingerir um copo de aguardente, quase álcool puro, pouco se importa com o estrago que isso trará ao estômago, ao fígado e não dá importância para a passagem do líquido cruel no esôfago sensível e na laringe desprotegida.

Senhor absoluto das vontades e desejos, este irresponsável dono do corpo "faz o que bem entende com todos nós, órgãos vitais, que trabalhamos vinte e quatro horas por dia para mantê-lo vivo".

As queixas continuam: "Enquanto ele dorme, trabalhamos. Enquanto ele se diverte, trabalhamos e, mesmo quando ele se mata, trabalhamos para que continue vivo".

Entendo esse desespero, essa revolta. Entendo por que qualquer ser humano, vítima de tortura e degradação, dispõe de vias para denunciar, protestar. Organismos internacionais, ONGs e redes sociais estão atentos aos crimes que ferem a dignidade humana. Mas normalmente esses crimes são cometidos por terceiros. E nesse caso em que o algoz e a vítima são a mesma pessoa? O que fazer?

Como punir um sem penalizar o outro? Talvez devesse valer aqui o direito da maioria. Afinal, é um cérebro contra uma multidão de órgãos, ossos, músculos, artérias, enfim.

Tenho consciência de que exagerei ao longo da vida. A sensação de infinidade me fez cometer os desperdícios. A necessidade da transcendência me levou às drogas ilícitas. Cocaína, maconha, barbitúricos, cogumelos e éter ocuparam lugar de honra no banquete da dependência. Sexo compulsivo e sem conexão com sentimentos trouxe prazer e blenorragias. Com o caminhar dos anos, as drogas lícitas foram usadas para compensar os estragos causados pelas ilícitas. E tome antibióticos, anti-inflamatórios, antidepressivos, antitudo, nada pró.

E consumi gorduras, proteínas, carboidratos, enlatados, tudo em excesso, numa verdadeira chacina de meu próprio corpo.

Explodi as taxas desafiando o limite e me tornei campeão insuspeito do colesterol alto, da glicose inadmissível, dos triglicerídeos voando rumo à diabetes inevitável. Por menosprezo ao câncer, jamais o evitei e tão pouco o contraí. Então, tem razão de ser essa revolta anatômica. Teria sido prudente dispensar tratamento digno aos órgãos internos e externos. Teria sido, mas não deu.

O que resta é me conformar com a realidade e acreditar que valeu a pena. Sofri, mas vivi, melhor assim. Muitos são os exemplos dos que se converteram ao culto à saúde, à alimentação correta, à prática de esportes e atividades físicas, dos que abdicaram de parte da vida para viverem a vida de maneira plena e foram traídos pelo destino, sucumbiram, morreram.

Aguardo sereno o resultado de um julgamento que não promete grandes novidades, espetaculosas reviravoltas. Aqui se faz, aqui se *praga*.

Então, querido corpo, afirmo sem pestanejar: eu que nunca fui sumidade de bom comportamento, que na vida não juntei, não amealhei e tampouco incorporei. Eu que escolhi o déficit no lugar do superávit, que não poupei um dia sequer e alijei o bom senso na hora de usá-lo, assumo tudo, me responsabilizo.

Sou o autor da desfaçatez, o herdeiro perdulário dessa fortuna gigantesca que se chama vida e estou pronto para pagar o preço que me for imposto. Fui eu, sim, que provoquei essa desastrosa falência múltipla dos órgãos. Digo isso e adeus.

Hey, *man*, me jogaram aqui, nesse covil de cobras criadas, e de cara tomei um soco no estômago. Penteei os cabelos e escovei os dentes, dei beijinhos na mamãe e tomei um soco no estômago. Fiquei sem fala, olhos embaçados, e ouvia risos; risos não, gargalhadas infernais. Minha mochila caiu e vi a lapiseira abrir, os lápis de colorir se esparramarem pelo chão. Minha aquarela começou a ficar borrada nesse instante. Era o primeiro dia de aula, o primeiro dia de céus e infernos de minha carreira estudantil. O soco no estômago eram as boas-vindas reservadas aos calouros, os novatos, os merdinhas, como costumavam nos tratar.

Ainda ontem eu brincava no playground cercado de cuidados pelas "tias", festinhas, bolinhos e muitas, muitas fotografias para registar "esse momento mágico" que nunca mais se repetirá. Eu era apenas um recém-adolescente, saindo do primário, e já colecionava um soco na boca do estômago.

Depois, vieram as curras no banheiro, as pancadas no jogo de basquete e os risinhos de escárnio das meninas mais lindas e escrotas que conheci. Roubaram meu celular, grudaram chicletes no meu cabelo e me acusaram, sem provas, de que me masturbava espiando pela janela o vai e vem do banheiro feminino. Fui punido por tudo, reprovado, suspenso, humilhado.

Nesse covil, a direção da escola tinha um lado, um favorito, um protegido, e esse jamais fui eu. Em casa, não encontrava apoio. Meus pais me diziam que a escola era conceituada, muito dispendiosa e que eu deveria agradecer a oportunidade de estar frequentando um ambiente como aquele. Meus pais, classe média de merda, se matando para que o filho se juntasse aos filhos da elite. Hey, *man*, que merda era aquilo, que covil era aquele?

Passei quatro anos sendo massacrado, espezinhado pela maldade juvenil dos meus pares. Tentei compensar tanta frustração estudando, estudando, me matando de estudar. Aquilo era uma prisão, uma porta do inferno consumindo em labaredas lentas meus sonhos da juventude.

Encontrei um só camarada que se afinava comigo e que só era poupado da inclemência do grupo porque era deficiente físico, e era crime, passível de cadeia, discriminar, agredir ou constranger um deficiente físico.

Apenas ele naquele pátio enorme, nos corredores intermináveis e nas salas de aula assépticas me trazia algum alento. Por vezes, chegava a pensar qual de nós dois era realmente o deficiente. Cheguei a desejar uma cadeira de rodas para mim também.

Na hora do recreio, sentado no chão e ele na cadeira, trocávamos ideias, falávamos de cinema, música e paixão. Ele ficou assim, paraplégico, ao cair de uma árvore ainda pixote. Eu estava ficando assim, paralítico, por não encontrar uma árvore para subir, um chão para cair.

Foi ele, *man*, o cara da cadeira de rodas, que me aconselhou a não me desesperar. Ele também fora "merdinha", tomara socos no estômago e lhe tiraram as calças para ver se piroca de aleijado era igual a piroca de gente normal. "Deixa estar, meu velho, fique calmo, *man*, o mundo dá voltas", ele me dizia.

Meu pai ficara doente e as mensalidades estavam atrasadas. Fui comunicado que, por causa da inadimplência, não participaria da festa de formatura. Nem liguei, fiquei só um pouco chateado. Falei com o *Man* que essa era a última semana que nos veríamos. Expliquei a situação de casa, miserê brabo e que agora ia frequentar colégio público. Ele sorriu e disse que eu ia ser mais feliz por lá. "Isso aqui é podre, não vale nada." Falei também que não estaria na festa de formatura e ele me disse: "Hey, *man*, você é um cara de sorte, vai ser melhor assim!".

Olhando meu passado, vendo a neve cair nesta distante Paris, surge sempre a imagem do *Man* e de sua cadeira de rodas. Como ele foi importante para mim. Atravesso os portões da universidade onde fiz mestrado e doutorado e, observando os alunos, fico a imaginar quantas histórias ocorrem entre eles, quantos mundos diferentes se encontram nos entremuros das escolas, ginásios, universidades.

Naqueles quatro anos, com todo sofrimento, aprendi muito sobre a capacidade humana de menosprezar o semelhante. Aquilo poderia ter sido fatal em minha vida. Não sei mesmo como foi que resisti.

Fiz questão de não guardar o nome de nenhum deles nem a fisionomia de nenhuma delas. Fui apenas mais um "filho de pobre metido a bacana" que passou por aquele conceituado estabelecimento de ensino, como se autoproclamava aquele colégio de merda.

O *Man* era muito bom em Física e Química e demonstrou toda sua aptidão na noite da formatura. Com salitre, enxofre e pólvora – acho que era essa a mistura –, fabricou um presente inesquecível. Fabricou uma bomba caseira que explodiu quando sua cadeira subiu a rampa para receber o laurel, o diploma, o anel. A festa voou pelos ares. Não morreu ninguém, pois o *Man* usou dose exata de explosivos apenas para acabar com a festa. Teve sangue, isso teve. Muitos feridos, sem gravidade, mas feridos. Nada que doesse mais que um soco na boca do estômago. *Man* foi preso, a notícia virou estardalhaço.

Meu pai morreu, minha mãe se casou de novo, agora com um bêbado insuportável, e eu ganhei por méritos a bolsa de estudos que me trouxe a Paris e aqui me deixou.

Man foi condenado, mas por não haver acomodações dignas para deficientes nas cadeias públicas e por influência de seu avô paterno, que era desembargador, foi cumprir prisão domiciliar, sem poder sair de casa em momento algum. Pouco lhe importava.

Não podia receber visitas, mas conseguiu me mandar um livro de presente com uma dedicatória curiosa: "Hey, *man*, fica tranquilo. Os merdinhas eram eles".

"Algumas pessoas são como paisagens.
Vistas de longe têm uma aparência deslumbrante,
mas quando chegamos mais perto, Santo Deus!
Quanto lixo, quanta decepção."
Do livro *O acaso não existe*, de Mahagtava Baldui de Souza,
que jamais foi escrito ou publicado.

Certa vez, passando por uma estrada, me encantei com uma pastagem perfeita. Um vale. O verde intenso, clorofila pura, com espelhos intermitentes de olhos-d'água, palmeirinhas como se pintadas à mão por artista genial. Uma visão do paraíso, um Éden sem serpente convidando os olhos para encontrar a maçã das tentações. Não resisti. Me embrenhei pela mata para alcançar e conferir se o que enxergava era real ou imaginação. Era real, realíssima. Mas entre minha visão e a chegada ao local, aí sim, tive uma prova do inferno.

Picado por marimbondos, rosto lanhado por espinhos, pisando em atoleiros movediços, quanto mais eu caminhava, mais se afastava a chegada. Aquele Sol generoso que antes iluminava a paisagem agora era uma cruel bola de fogo assando meus miolos. Pensei em desistir, mas a impressão de que já havia percorrido mais que a metade do caminho me desestimulou. Ademais, já há alguns meses venho tentando completar minhas tarefas. Desistir pela metade já se configura como uma patologia de minha personalidade. O entusiasmo com que inicio as coisas é incomparavelmente menor do que o desânimo com que abandono as metas. Isso se alastrou para vários aspectos de minha vida. Nos negócios, nos estudos, no amor. Sou um museu de obras inacabadas. Já tentei teorias de almanaque para justificar essa anomalia. Se a vida é inacabada, por que concluir etapas? Também apostei que a genialidade está em dar início aos projetos, aí existiria a possibilidade da perfeição. O fim, não. A finalização seria aceitar que a obra-prima não existe.

Aceitar o menos por mais. O *The End* dos filmes antigos era visto por mim como uma confissão de que os autores da história, por não acharem uma saída, um desfecho aceitável, resolviam tudo com essas seis letras em inglês, *The End*, que a língua portuguesa, por preguiça, abreviou para três letras e passou também a decretar, a se esconder atrás da palavra "Fim".

Outra dúvida constante que me assolava em meio a todas as caminhadas era se realmente valeria a pena executar até o fim as tarefas a que me propunha. Em benefício de que e de quem? Qual é o sentido de utilidade? Essa angústia ficava ainda mais sublinhada devido ao fato de eu ser um artista, ou, pelo menos, por imaginar ser. Me cobrava, me combatia. Estou escrevendo uma historinha, estou pintando uma aquarela, estou decifrando um poema com versos de pé quebrado. Para quê? Por que continuar? Afinal, não estou descobrindo a vacina contra o câncer nem projetando um míssil invisível para a guerra. Nem sequer esticando a massa como fazem os padeiros para nos garantir o alimento de cada dia. Não sou o abnegado salva-vidas que se lança em mares bravios, arriscando a própria pele para salvar as outras. Não, nenhuma dessas tarefas nobres me foi concedida. Fico aqui buscando rimas para girassóis e atoleiros, tentando descobrir cores novas na mistura de cores incompatíveis, urrando angústias de personagens que invento.

Mas agora precisava atingir esse singelo objetivo. Tocar com as mãos, pisar concretamente a paisagem que me embeveceu, e ela estava ali, bem perto, me desafiando. Não, não vou desistir. Essa paisagem agora me pertence e dela vou cuidar. Arrancar os arbustos, drenar a água parada, apodrecida e fétida e remover a terra morta até encontrar a fertilidade do terreno. Vou tratar minha paisagem como tratei de Madalena, mulher linda, sedutora e que também tinha em volta de si, dentro de si, os mais horrorosos demônios que o inferno soube produzir.

Quando conheci Madalena, me encantei. Absorto por seu sorriso de deusa, deixei-me enfeitiçar. Mas era uma ilusão, um delírio. Madalena era um lírio atolado no lodo. Família inconsequente, desestruturada. Ainda adolescente foi internada à força em um hospital psiquiátrico apenas por não aceitar as agressões paternas com a mãe. O pai espancava a mãe diariamente e Madalena resolveu reagir. Jogou um jarro de porcelana chinesa na cabeça dele. Nunca ficou esclarecido se a loucura apontada foi o desrespeito com a cabeça paterna ou o fato de não se atentar ao valor da porcelana chinesa. Fugiu do hospital, fugiu de casa, da cidade, fugiu da vida e foi se esconder por detrás daquele sorriso tímido, quase demente. Andava sempre margeando estradas vicinais, embrenhando-se em matas e tinha os bancos de praça como seus aposentos oficiais. Se alimentava do resto que a caridade pública lhe destinava. Não se fixou, não criou raízes, virou andarilha.

O que chamava atenção era que, apesar da vida errante, mantinha-se sempre muito limpa, cabelos sedosos, unhas aparadas e um perfume que a transformava em um pé de dama-da-noite, a planta que exala o mais encantador dos perfumes. Sua cor preferida era o branco, o que a tornava ainda mais angelical. Madalena era uma miragem concreta, humana, real. Foi assim que a encontrei, foi assim que me apaixonei.

Se alguém algum dia quiser saber como foi que o destino nos uniu, eu conto. Foi por acaso. Exatamente o mesmo acaso que vive permeando minha vida, nossas vidas. O acaso que nos faz sofrer, que nos maltrata, humilha, envergonha e mata. Esse mesmo acaso que nos faz felizes, ricos, afortunados, saudáveis ou doentes. Esse acaso que de acaso não tem nada. Que cria vidas e destrói sonhos. Que não existe. Ele é a premeditação do destino. O acaso não permite que o acaso aconteça. Ele é um planejador frio e calculista de tudo que nos acontece, pois foi por acaso que me sentei no banco de uma praça para ler o romance indiano *O acaso não existe* e meus olhos encontraram Madalena pela primeira vez. Pode acreditar que, além de todas as virtudes que ela possuía e que relatei aqui, aquele raio de sol também cantava. Cantava, não, murmurava. Madalena era melodia pura. Cada palavra pronunciada por ela equivalia a um instrumento sinfônico, e olha que falar não era um quesito em que se destacava.

E assim como essa paisagem que agora tento alcançar, Madalena também se descortinou para mim como o retrato fiel da perfeição. Mas para chegar até aquela louça, tocar aquela miragem, precisei chafurdar na pocilga atordoada de um universo insano.

É inegável que houve reciprocidade. Ela também enxergou algo valoroso em mim e não ergueu barreiras emocionais para nos separar. Abriu olhos, coração e sorriso. Pegou o livro de minhas mãos, olhou a capa, leu o título e disse suavemente: "Se existisse, não seria acaso. E se não existe, não é acaso. Jogue fora esse livro, e se por acaso não tiver coragem, eu o jogo por você".

Não tive tempo de responder e acompanhei o naufragar da literatura hindu de autoajuda no ribeirão urbano que cortava a praça. Confesso que não me assustei e nossa conversa foi sem intervalo, sem pontos, vírgulas ou exclamações. A noite veio mais rápida do que o normal e foram as luzes coloridas da fonte luminosa da pracinha acanhada que testemunharam a entrega de duas almas, o consórcio de uma paixão. Ela me contou, em longo resumo, sua infância, adolescência e vida adulta. Não emitia conceitos, narrava fatos. No impulso, influenciado pela confissão sincera, não consegui deixar por menos e também abri o verbo. Contei tudo. As lembranças afloraram e nem mesmo eu tinha a dimensão do tanto que já havia me esquecido. Esquecido de fatos, de acontecimentos, esquecido de mim.

Sem subir ao altar oficial de nenhuma igreja, sem juras ou dotes, nos casamos para sempre, até que a morte nos separasse, e a morte nos separou.

Guardo ainda o bilhete deixado por Madalena em que ela me disse que sem amor não ficaria mais ao meu lado e que o amor havia morrido no dia anterior. Não consigo encontrar explicação. O dia anterior foi absolutamente igual a tantos vividos por nós. Nada de anormal, nenhuma briga, nenhum desentendimento. Um dia tão trivial foi o escolhido pelo acaso, se é que ele existe, para ficar marcado como o dia em que o amor de Madalena por mim morreu.

Ela desapareceu para sempre. Como o vento que vem não se sabe de onde e vai para não se sabe onde, Madalena passou assim por minha vida. Um vento, um lufar de paixão e encantamento. Realmente não sei para onde ela foi, mas tenho certeza para onde vou. Vou sempre e para sempre atrás de Madalena. Sou incansável, teimoso, confiante. Estou certo de que irei encontrá-la e ressuscitar nossa harmonia. Às vezes ansioso, às vezes fraquejante e cansado, não poupo meus dias, minhas horas, meus segundos em busca do meu grande amor. Eu a vejo cintilando entre as estrelas, a reencontro entre mendigos e seres abandonados, nos hospitais e nas igrejas. Madalena me abandonou e se entregou outra vez ao seu grande amor que é o mundo, a vida, a liberdade. Não a procuro para aprisioná-la ou reatar uma paixão que por certo já pertence ao passado.

Eu a procuro para tentar encontrar a mim mesmo. Eu me dei com intensidade tão absurda à Madalena que fiquei sem mundo, sem referência. Ela se afastou de mim talvez sem perceber que me levou junto, me carregou com ela. Por isso, eu sonho e grito e não consigo deixar de querer saber diuturnamente: onde anda você, Madalena? Onde estais, Madalena? Onde estará você? Onde estaremos nós?

Eu, que disse que era o rei dos projetos inacabados e que fazia o exercício da persistência para concluir uma meta sequer, explico melhor para não me tornar mais confuso e contraditório do que já sou. Abandonei a conclusão de tudo por me interessar única e exclusivamente em encontrar Madalena. Essa estradinha bucólica por onde eu passava no início desse devaneio é apenas mais uma dos milhares de estradinhas por onde passo ao longo da vida em busca de Madalena. Essa paisagem deslumbrante, esses oásis que enxergo são apenas isso: a perspectiva de encontrar Madalena.

Quando consigo me aproximar do que projeto, percebo que não cheguei a lugar nenhum. Devo recomeçar e recomeço. Não me importa o quão trabalhoso e dolorido seja a busca insana de um ideal perdido. Mas não vou desistir. Quem ama não desiste, quem ama não deixa o amor morrer.

Ela está nas luzes e nas sombras. Em cada canto e em todos os cantos. Madalena me enfeitiçou e talvez seja esse o efeito do feitiço. Procurar para sempre, não importa onde, quem me fez conhecer o amor. É por ele que vivo e é nele que acredito. Então, se prepare, Madalena, irei te encontrar. Irei te encontrar e ficar para sempre ao seu lado, até que a morte nos separe ou o amor nos una para sempre.

Não é justo nosso casamento acabar assim. Já enfrentamos tantas crises, superamos um caminhão de dificuldades e logo agora, sem que a gente consiga saber o motivo, partir pra separação? Calma, esse momento é sádico, cruel. Poucos casais têm conseguido superar os entraves, está tudo muito difícil. Temos que pensar nas crianças também. Afinal, se não nos damos bem, também não nos damos mal. Existe respeito, falta carinho, é certo. Mas sexo não significa tudo. O amor passa por estágios.

Tolice querer que a chama arda com a mesma intensidade do início. Éramos mais jovens também. Pouco importa para mim se fomos obrigados a reduzir as despesas. A Aninha não morreu porque teve que sair do balé, o Lucas sobrevive sem o judô, e o leite especial da Clara papai não tem deixado faltar.

É tudo uma fase, passa, daqui a pouco melhora. Você não viu o caso do Edu? Ficou nove meses sem trabalho e, pior, hipertenso, quase teve um AVC e agora está de novo no mercado. O problema não é somente nosso, é o país inteiro. Mas isso não pode destruir o nosso amor.

Eu sei que você ficou chateado por eu ter pedido ao tio Paulo para pagar nosso plano de saúde, eu sei. Eu sei que você não suporta o tio Paulo, mas o que eu podia fazer se ele era o único com recursos para nos ajudar?

É normal nos momentos difíceis as famílias se socorrerem. E que bobagem esse negócio de esquerda, direita, centro. Tio Paulo sempre foi assim, conservador, moralista e rico. Não é crime ter dinheiro, assim como também não é crime não ter nada.

Pensa no quanto já conseguimos caminhar juntos. Não vejo razão para nos separarmos agora. Você não tem dormido direito. Pensa que não vejo quando você se levanta de madrugada e fica na varanda fumando, fumando, pensando, se destruindo? Eu vejo tudo. Não falo nada para não te preocupar mais ainda. Mas isso passa, isso não quer dizer nada. O que você precisa fazer é cuidar da saúde, não se entregar. Com saúde, nós conseguimos tudo.

A herança da mamãe está quase saindo, coisa de mais um mês, um mês e meio. Falta só conseguir dar mais uma parcela para o advogado e recolher umas taxas. Tudo vai melhorar. Aquela casa vale uma grana e, pelas conversas, vai ficar só pra mim. A gente vende, aluga, sei lá. Dá para viver bem por mais uns dois anos. Devemos dar graças de não estar pagando aluguel. Você vê, tio Paulo, por mais que você não goste dele nem ele de você, foi muito legal emprestando este apartamento pra gente morar. Não tem problema atrasar o condomínio e o IPTU, daqui a pouco a gente quita, deixa o inventário sair.

Desculpe ficar enchendo seus ouvidos, mas nós conversávamos tanto antigamente. Agora eu falo sozinha, sem respostas, sem diálogo. Você está gostando de outro alguém e não quer me dizer? Fala, se abre um pouco, por favor. Se for isso, não tem problema, é normal. Ainda ontem estavam falando sobre esse assunto no programa da tia Cleide, vários depoimentos de casais que tentam buscar a solução fora de casa nos momentos de crise, mas passa, ilusão pura, criancice. Problema, se a gente não encara, não resolve. Sua esposa sou eu. Você está gostando de outro alguém?

Sabe o que eu soube ontem? Que uma grande multinacional de cosméticos vai se instalar aqui. Já imaginou? Vão abrir duas mil vagas, não é possível que uma dessas vagas não seja sua, imagina! Com o currículo que você tem, sua simpatia, sua aparência física. Os chineses dão muita importância para isso, tenho certeza de que tudo vai melhorar.

Eu não queria te falar, mas ando preocupada mesmo é com esses nódulos no meu peito. Estão crescendo e ficando doloridos. Queria muito que você fosse no médico comigo. É muito ruim ir ao médico sozinha, ainda mais agora com esses tarados assediando todo mundo. Eu sei que a dra. Ana é mulher, mas isso não quer dizer nada, tem muita mulher assediando mulher, homem assediando homem. Não custa nada você ir comigo e, além do mais, a clínica fica naquele shopping tão bonito. A gente sai da consulta e dá umas voltas. Não precisamos comprar nada, só olhar. Às vezes, eu gosto mais de olhar do que de comprar. Tem um cara lá no shopping que fica tocando piano e a gente pode sentar um pouco, ouvir e, quem sabe, até pedir pra ele tocar a nossa música. Você se lembra ainda da nossa música? Por favor, fala alguma coisa, não me deixe falando sozinha. Por favor, fala comigo. Eu te amo. Eu sempre te amei, sempre vou te amar.

O dia anterior foi de grande agitação no mercado financeiro. A bolsa de Nova York, mãe de todas as bolsas do mundo, teve queda vertiginosa. As relações tensas com a China e os conflitos no Oriente Médio, somados ao furacão que devastou as Filipinas, tudo isso fez com que os índices despencassem. Claudio bebeu muito para conseguir dormir. Dormir, não, desmaiar. Desde que saiu de Belo Monte para estudar em São Paulo, a vida de Claudio transformou-se. Inteligente e arguto, já na faculdade se destacou do pelotão de alunos medianos. Tinha talento nato e isso foi rapidamente percebido por seus professores, que o indicaram para o dono de uma grande corretora. Os professores das universidades agora são conhecidos como *headhunters*, caçadores de cabeça, algo assim. Essa prática veio do futebol. Crianças são observadas nas "peneiras" dos grandes clubes e ainda no dente de leite assinam contratos e vendem o futuro para grandes agremiações.

Claudio foi rápido no gatilho. Sua ascensão no mundo financeiro foi frenética. Ficou conhecido como Cometa Claudio. Casou-se com a herdeira do banco para o qual trabalhava. Era gerente e genro, desempenhando com competência ambas as atividades.

Aquele menino sabido do interior do país, comedor de pamonha e inimigo de calçar sapatos, agora era um CEO, viajado, fluente em quatro idiomas, incluindo o mandarim. Morava em uma mansão maior que a chácara da infância. Em quatro anos, triplicou a fortuna do sogro e passou ele também a ser sócio acionista da empresa. Avião, iate, casa de praia, casa de campo, haras e ansiedade. Tinha todas as ferramentas exigidas para o triunfo no mundo financeiro. Tudo estaria bem se os fenômenos internacionais, políticos e ambientais não bombardeassem a todo instante as metas de lucro da corretora Spread e do banco Momo. Aquela manhã era tensa e perturbadora. Nada que fugisse muito da rotina. Mas a perspectiva de perder mais de um bilhão de dólares agitava o ambiente.

O fuso horário da China mexia com o metabolismo dos funcionários. Era preciso acompanhar tudo em tempo real. Claudio entrou como um furacão no prédio. O trajeto do heliporto a sua sala foi feito em ritmo de Fórmula 1. Aliás, o banco Momo era patrocinador oficial do circuito dessa competição. Falo da Fórmula 1 mesmo sabendo que ela não tem a menor importância para o que quero relatar. A corrida aqui é outra.

O Cometa Claudio era um fenômeno. Em menos de uma hora reverteu o caos. Vendeu posições, inflacionou ações desvalorizadas, tomou um uísque cowboy e já recebia aplausos calorosos da diretoria quando a secretária o interrompeu:

— Claudio, seu Valdivino já ligou três vezes hoje. Disse que é urgente.

— Valdivino, quem é Valdivino?

— Tá brincando, Claudio? Valdivino, seu pai.

— Puta que pariu! Claro. Meu pai. Está bem. Diz que eu ligo mais tarde.

— Ele disse que é urgente.

— Tudo pra velho é urgente. Ligo mais tarde.

A família era algo muito distante para Claudio. Não que ele desgostasse dela, isso não. Era mesmo uma questão prática. Eles eram da roça, caipiras. Praticavam agricultura familiar, quase artesanal. Isso passava muito longe do agronegócio, dos transgênicos e das grandes multinacionais a quem Claudio dava atenção. Verdade que, mesmo com a simplicidade e aparente ignorância, seu Valdivino fez das tripas coração para financiar e incentivar a ida de Claudio para a escola. "O mundo das letras é um céu que não tem fim", repetia o velho sem saber bem de onde tinha tirado isso. Uma galinha ao molho pardo, uma espiga de milho assada na fogueira e, quando muito, um pé de manga fincado no terreiro da chácara era quase tudo que Claudio recordava do passado. Nem se lembrava do sarampo e do corte no pé, feito por um prego enferrujado, que só não se transformou em tétano graças às rezas de dona Lourdes Benzedeira, de quem o Cometa também não se lembrava. Parece que faz parte da vida dos homens bem-sucedidos no mundo dos negócios esquecer um pouco do passado. O passado carrega muita emoção, sentimentalismo, melosidade. Essas baboseiras em geral atrapalham o *business*.

A secretária tinha o número de uma conta poupança de seu Valdivino e ela se encarregava do contato com a família de Claudio. Ela mentia ao telefone, inventando que Claudio havia perguntado por todos, se o pai estava precisando de alguma coisa e que qualquer hora dessas ele pegaria o avião e iria fazer uma visita. Isso consolava um pouco os colonos, ou a "tribo", que era como ele se referia à família.

Mas naquele dia acontecia alguma coisa diferente. Seu Valdivino ligou pela quinta vez e, sem conseguir falar com o filho, pediu à secretária que ela ao menos perguntasse se ele se lembrava de dona Catarina, uma vizinha morena, que previa o futuro e que adivinhou tudo o que ia acontecer com a vida de Claudio. Era muito importante isso. Claudio, para se livrar da chatice, pediu que a secretária dissesse que sim, que ele se lembrava e que agradecia muito a ela pelas previsões e um abraço, boa noite, até mais. O Cometa realmente não tinha paciência para fatos banais.

E mais um dia de glórias se encerrou nas dependências do banco Momo e nas salas atapetadas da corretora Spread. Os chineses não conseguiram derrubar nenhuma peça do dominó que Claudio dominava tão bem. Agora era tomar um uisquinho, fazer uma sauna, massagem oriental (em homenagem à China) e dormir o sono tranquilo que a melatonina lhe proporcionava.

Seu Valdivino ligou bem cedo. O primeiro telefonema da manhã cinzenta de catorze de abril. A secretária só teve tempo de dizer:

— Seu Valdivino, o senhor precisa ficar bem calmo.

— Eu estou calmo, minha filha. Eu só queria avisar ao Claudio que dona Catarina pediu a ele que não saísse de casa ontem à noite. E que não usasse sapato preto, que guardasse a carteira no bolso da esquerda e que, antes de entrar no carro, batesse o pé três vezes com bastante força no chão. E que falasse baixinho "goiaba gostosa, goiaba gostosa, peça a Jesus pra escutar minha prosa". E que então passasse na porta da Igreja de São Nicolau e levasse uma rosa vermelha para colocar aos pés do santo, só isso. Mas que ele não deixasse de fazer.

— Seu Valdivino, olhe, fique calmo, o senhor precisa vir urgente para São Paulo. Aconteceu uma coisa muito triste essa noite. O senhor vai até o aeroporto de Belo Monte que estamos mandando o avião buscar o senhor.

— Mas pra que isso? Aconteceu alguma coisa com o Claudinho? Pode falar, minha filha.

— Fique calmo, seu Valdivino, nós conversamos aqui.

A secretária desligou o telefone e foi para a sala do conselho, onde todos já estavam, estarrecidos e perplexos, perguntando-se como aquilo foi acontecer. E onde foi que a segurança falhou? E por que deixaram que ele saísse do carro sozinho, sem antes fazer a varredura do ambiente, e como é que ninguém viu o criminoso se aproximar, e como ninguém viu o criminoso evadir-se, e por que as câmeras de segurança estavam desligadas, e onde foi parar a carteira, que estava no bolso direito, e quem roubou os sapatos pretos? Era tudo muito estranho. E quem iria redigir o aviso fúnebre, e quem deveria assumir o lugar do Cometa, e quem ia dar a notícia para seu Valdivino? Eram muitas as dúvidas e incertezas. A imprensa já estava na sala de espera, a viúva estava retornando de Paris, seu Valdivino não quis vir de avião, preferiu vir de ônibus. Ônibus leito, diga-se de passagem. As ações mantiveram-se estáveis. Dona Catarina foi internada com uma febre muito alta, e uma missa no sétimo dia depois da manhã cinzenta foi celebrada na Igreja de São Nicolau. Aos pés do santo, repousava humildemente uma bonita rosa vermelha.

Um relógio de ouro. Um antigo relógio de ouro que meu pai herdou de meu avô e que herdei de meu pai. Era tudo o que me restava, um antigo relógio de ouro. Esse relógio já havia marcado horas felizes e de triunfos na vida de nossa família. Assistiu a colheitas vigorosas de safras e, sem pressa alguma, testemunhou o crescimento dos alqueires e das pastagens da famosa Fazenda do Boqueirão. Acompanhou nascimento de filhos e sepultamento de bisavós. Mais que horas, esse relógio marcou destinos, cronometrou o passar de vidas. Era um Patek Philippe, com a Cruz de Calatrava ilustrando o mostrador. Esse relógio tinha linhagem. Além de meus antepassados, também compraram esse relógio pessoas como o príncipe Albert, a rainha Vitória e, mais recentemente, Paul McCartney, Brad Pitt e Sarkozy.

Patek era um polonês que se associou a um relojoeiro francês com o nome de Adrien Philippe e, juntos, construíram essa marca caríssima e famosa em todo o mundo. A união entre os dois se deu lá pelos anos de 1844. Faz muito tempo que esses relógios marcam o tempo. Esse meu, além das horas, também marcava os dias, tinha calendário perpétuo e a precisão de cronômetro. Tem um samba do Aluísio Machado que diz que "relógio que atrasa não adianta. E o remédio que cura também pode matar, como água demais mata a planta". Sempre que ouço essa música, me lembro de meu avô lustrando o relógio com uma flanela e vociferando: "Se tem neste mundo quem nunca me deixou na mão, foi esse aqui. Meu Patek Philippe. O melhor presente que a lavoura e o gado me deram".

Pois agora eu estava com esse relógio no bolso, guardado em seu estojo original, indo em direção ao setor de penhores da Caixa Econômica Federal. Milhares de minutos se passaram desde que esse Patek chegou em nossa casa até o dia de hoje. Pragas, bancos e impostos devoraram nossas terras e patrimônio. Um crime passional seguido de suicídio decretou o fim da bonança, e as hipotecas misturadas com impostos engoliram as terras férteis da Fazenda do Boqueirão. Moro hoje em um barracão nos fundos de uma casa na rua principal dessa currutela esquecida por Deus. E moro de favor. O dono da casa é um antigo empregado de meus pais. Ele explica esse favor, essa generosidade, ao fato de que nos áureos tempos foi sempre tratado muito bem por todos nós, chegando a compartilhar a ceia de Natal na mesa dos patrões. Nunca uma rabanada recebeu recompensa tão rica.

Mas agora estou indo, com dor no coração, me desfazer do único bem material que me restou. Meu Patek Philippe. A penhora é, na verdade, uma maneira de manter viva a esperança de que as coisas podem melhorar e de que, em breve, surgirão recursos para resgatar a joia. Pura ilusão. São raros os casos de alguém que tenha conseguido reaver um bem penhorado. Tudo aquilo vai a leilão, e os profissionais do mercado, na terceira chamada, arrematam por um preço vil o que tanto valor já teve na história de vida das pessoas. São alianças, medalhinhas com a esfinge de Nossa Senhora de Fátima, anéis de formatura e, não raro, dentes de ouro derretidos. Agora chegou a hora de meu ilustre Patek Philippe se juntar a essa raça de bugigangas desvalidas. Vou transformar uma joia rara e duradoura em algumas cédulas de um metal volátil que em pouco tempo desaparecerá. Apenas honrar uma dívida com o açougue e pagar a costureira que me talhou duas blusas e uma calça em fevereiro passado.

Caminhando pelas ruas, sinto o olhar impiedoso dos vizinhos. Nota-se nitidamente um ar de triunfo diante de minha derrocada. Sentem-se vingados em observar o então rico e poderoso herdeiro do Boqueirão caminhar como apenas mais um, igual à maioria deles. Jamais fiz desfeita ou ostentei minha riqueza em desfavor de um semelhante. Mas isso não foi o bastante para que a inveja alheia não desabasse sobre mim. Pouco importa. A vida é um jogo e, no jogo, a sorte vai e vem com a mesma indiferença. Neste momento, ela se foi.

Com altivez, mas também com uma faísca de derrota, me aproximo do balcão. Empurro o estojo e aguardo a avaliação. Os olhos do funcionário federal faíscam de deslumbramento diante de tal preciosidade. Com certeza, em vinte anos de Caixa Econômica, ele jamais teria chegado tão próximo de uma obra de arte de tamanha magnitude.

Confesso que estou com o coração acelerado e um nó na garganta. Mais que me despedir de um relógio, estou me afastando definitivamente de uma importante fatia de memórias. Revejo meus pais, meus tios, meus avós. Relembro da chegada do Patek, da festa de recepção. Teve churrasco, música, cantoria. Patek Philippe foi recebido em nossa casa com as honras geralmente dispensadas a visitantes ilustres, autoridades ou visita de Folia de Reis. Naquela noite, meus avós não dormiram abraçadinhos como de costume. Naquela noite, separando amorosamente o casal, também dormia, com os ponteiros despertos, o glorioso Patek Philippe com a Cruz de Calatrava.

Era tudo isso e muito mais que eu estava entregando ao setor de penhores. Era a despedida de uma fase encantadora de minha vida.

O rapaz olhou, olhou, revirou, colocou no ouvido, deu corda, só faltou cheirar e beijar. Em silêncio, observava a liturgia, e confesso que me veio um desejo enorme de gritar: "Ajoelhe-se, aliás, ajoelhem-se, todos. Gerentes e barnabés, seguranças, caixeiros e clientes da Caixa Econômica Federal, ajoelhem-se. Reverenciem com honras e pompas a presença celestial do mais caro e cobiçado relógio já construído neste mundo. Vocês estão diante da precisão, vocês estão no mesmo ambiente da joia da coroa, de uma Monalisa do mundo da relojoaria. Ajoelhem-se! Ajoelhem-se!".

Estava absorto nessa viagem quando fui despertado por uma fala inimaginável. O servidor público, sem nenhum constrangimento, me disse que era muito bonito o relógio, tinha valor pelo peso do ouro, tinha valor como joia, mas como relógio não valia nada, estava parado, não marcava horas, minutos, segundos, datas, nada. Não marcava nada, então nada valia em sua função relógio.

— Impossível! Esse é um Patek Philippe original. Não para nunca.

— Esse parou.

O mundo caiu. Um turbilhão de sentimentos me percorreu o corpo, paralisou meu coração. Senti o chão ceder e as luzes se apagarem. "Impossível! Impossível!" Era só o que eu conseguia exclamar. Enxerguei nos olhos do servidor público de carreira um certo prazer mórbido em pronunciar a sentença cruel. O relógio estava parado. A corda não funcionou. Chacoalhar também não trouxe resultados. Estava parado em um dia dezessete de um mês qualquer com os ponteiros assinalando dezesseis horas, quarenta e três minutos e sete segundos. Era verdade. Estava parado, inerte, falecido.

Saí da agência cambaleante, suor na testa. Confesso que não era pelo valor pecuniário não conseguido. Pouco me importava o dinheiro naquele instante. O tormento vinha de repensar o histórico de minha família, a importância que aquele relógio adquiriu nos seus quase cem anos de existência. Ele era a única certeza que tínhamos. A única garantia de lealdade e precisão. Perdemos terras, gados, reputação. Perdemos parentes, esperanças. Perdemos quase tudo e só não nos desesperávamos porque sabíamos que, apesar de tantas perdas, um Patek Philippe nos aguardava sereno, preciso, trabalhador. Agora, ele também sucumbiu.

Andei trôpego até o barracão dos fundos. Fechei todas as janelas. Abri o estojo e com cuidado retirei de lá minha joia rara. Estiquei-me na cama, coloquei o relógio sobre meu peito e, de olhos abertos, fui percebendo o pulsar de meu coração. Os batimentos que inicialmente eram rápidos e acelerados, aos poucos foram arrefecendo-se. Continuei ali, imóvel, aguardando com serenidade, tristeza e calma que minha respiração cessasse, que meu coração desistisse e, tal qual meu Patek Philippe, também parasse para sempre, derrotado. E que na loja de penhores da vida um servidor de carreira finalmente decretasse:

— Não valem mais nada. Nem ele nem o relógio. Podem cremar.

Os mascates costumavam aparecer em nosso vilarejo. Traziam colchas de Damasco, seda da China e fósforos luminosos que imitavam os vaga-lumes. Eles eram fundamentais para que tivéssemos certeza da existência de um outro mundo além dos limites de nossas casas. Os mascates eram como mapas-múndi, globos terrestres, correio de carne e osso. Geralmente carregavam suas malas na garupa de velhas bicicletas ou eram auxiliados por um jovem aprendiz que aprendia primeiro a carregar o peso enquanto o mascate falava. Mais que peças de roupas, eles vendiam mentiras, imaginação. Inventavam histórias emocionantes como as que apareciam nos gibis. Falavam de guerras, furacões e mulheres fatais.

Os mascates não provocavam ciúmes nos maridos e por isso entravam em todas as casas, bebiam café e convenciam as senhoras casadas da importância de um lençol novo para revigorar o leito nupcial. E vendiam lingeries e baby-dolls, todos com uma bela salpicada de erotismo.

Eles eram vários, com diferentes produtos na mala, com diferentes sotaques e diferentes preços, mas pareciam todos iguais. Não tinham dia nem hora certa para chegar. Não tinham também hora de partir.

Alguns sabiam fazer mágicas e outros conseguiam nos fazer sorrir. Quando os mascates não apareciam, tudo era silêncio e mesmice no nosso vilarejo. As mangas e os abacates nasciam no tempo certo, a Lua se escondia com o nascer do Sol, o galo cantava e o espinho furava o pé de quem andava descalço pelas bandas do Lago Escuro.

Nossos pais já não tinham conversas novas para nos entreter. O cavalinho de pau estava gasto e a caveira feita no mamão verde não assustava mais ninguém. Mesmo o lobisomem estava desmoralizado por nossas bandas. O último mascate que esteve conosco prometeu que, na volta, traria um rádio de pilhas, uma espécie de caixinha de onde saía música e vozes, notícias e previsão do tempo. "Um espetáculo do outro mundo", nos garantiu o mascate.

Enquanto a novidade não aparecia, eu me sentava na Pedra Lisa e ouvia, sem preguiça, os sonhos de Maria Alice. Ela me falava de um mundo distante em que as mulheres escolhiam ser o que bem entendessem e podiam andar sozinhas e usar calça de homem e cabelos curtos. Que todas as profissões do mundo poderiam ser exercidas tanto por homens como por mulheres e que uma mulher já tinha ido à Lua junto com astronautas homens e ela não era casada com nenhum deles e, no entanto, ficaram na mesma cápsula como se todos fossem iguais. Que outras sustentavam a casa com os seus salários e não precisavam chamar o marido de senhor. E também dizia que não era pecado não acreditar em Deus e que também não existia a fogueira dos infernos para quem tivesse maus pensamentos e que o sexo era uma coisa limpa que até os anjos faziam e que se ela conseguisse sair daquele brejo iria se ocupar de muitas coisas interessantes, mas que agora precisava ir, tirar a roupa do varal e dar milho aos porcos e que amanhã a gente continuaria a conversar.

De todos os mascates que conheci, Maria Alice era a que me mostrava as coisas mais ricas e diferentes. Toda vez que a gente acabava de conversar, minha cabeça fervia e de noite, em vez de contar carneirinhos para chamar o sono, eu via o rosto dela, os olhos dela e, principalmente, a boca, que não parava fechada nunca, sempre narrando uma epopeia de fatos e agigantando meu mundo estreito.

O dia amanheceu com o falatório de que a Maria Alice teria levado uma surra muito forte na noite anterior. O pai dela era um sujeito com muito pouca simpatia e metido a dono do mundo. Tudo precisava estar conforme o que ele achava certo e ele não respeitava a vontade alheia. Por vênia aos mais velhos, nunca pude dizer isso em voz alta, mas em voz baixa eu digo: tenho nojo desse sr. Cupertino.

O motivo da tunda foi que Maria Alice assistiu escondida à cadela parir. A Neném pariu oito filhotinhos. Cinco machos e três fêmeas. Cada um mais bonitinho que o outro. Se minha mãe me deixasse, bem que traria uns dois aqui para casa. Mas ela diz que a gente tem que criar bicho que a gente possa comer, e não criar bicho que come a comida da gente. É por essa razão que não me apego aos porcos, aos coelhos e às galinhas. Passo a vida vendo meus amiguinhos sendo mortos e indo pra panela. Com tristeza, mas por necessidade, acabo comendo todos eles também.

Para o sr. Cupertino, parir era um ato imoral, pecaminoso e que jamais poderia ser assistido por damas e donzelas castas. Ele parecia ignorar que a natureza dotou as mulheres do dom da parição e, portanto, ninguém melhor que elas para se fazerem presentes à cerimônia do nascimento. Mas vai tentar convencer um ignorante de que ele está ignorando a verdade... É dar murro em ponta de faca.

A verdade é que Maria Alice agora carregava as marcas da estupidez alheia no corpo. Pernas e braços arroxeados, olhos vermelhos e mancando da perna direita. Sentou-se na Pedra Lisa e, com os mesmos olhos mareados, fitando as lonjuras do horizonte opaco, deitou falação sobre a vida que lhe oprimia. Prometeu sumir daquelas bandas ainda antes do fim do mês de julho. Só ia esperar as bandeiras dos santos serem erguidas e as fogueiras arderem, para, com a ajuda de Antônio, João e Pedro, santos fiéis e compreensivos, subir na garupa de um jumento, ou gastando a sola dos pés, e libertar-se para sempre da masmorra paterna.

Eu ouvia Maria Alice mais uma vez e, como sempre, não ousava contestá-la ou persuadi-la a não realizar os seus "decidimentos". Essa menina moça nasceu da razão e da inteligência. Fizesse o que quisesse, e o que, de fato, me dizia o coração era que Maria Alice tinha direito de ser feliz.

Cumpriu a promessa na data certa e combinada. Sem carregar nada além de uma muda de roupa vestida no corpo e uma sandália de borracha e couro, sumiu na poeira. Foi de noite quando a zabumba e a sanfona ritmavam a quermesse e os balões de papel crepom subiam aos céus. Ela ainda passou por mim, me arrastou pelas mãos e, debaixo do pé de manga, deu um beijo em minha testa. Me disse que eu era especial e que um dia deveria ir embora também. Os lábios de Maria Alice pareciam estar assando como as batatas doces da fogueira ardente de tão quentes que estavam. Quase na hora de atravessar descalços, pisando em brasas, o caminho da fé, ela partiu. Vi que não estava só, mas na garupa da bicicleta do mascate Challub. Ele chegara por aqui dois dias atrás e trouxera muitas novidades. Meu pai comprou dele uma enciclopédia ilustrada, que me faz companhia diuturnamente. Quanta coisa bonita tem este mundo para se ver e aprender. Maria Alice foi conhecer a enciclopédia de verdade, em carne e osso. Com certeza o mascate a carregou em troca de algum dinheiro ou de futuros favores sexuais. Aquele danado não dava nada de graça nem para alguém nem para ninguém.

Seu Cupertino, depois daquela noite, não sei se arrependido ou envergonhado, deu pra emagrecer e ficar mudo. A atitude de sua filha o deixou com a espinhela caída. Tinha que ser muito ignorante a ponto de nem sequer conhecer a filha que tinha. Não se deve engaiolar pássaros nem botar o dedo em boca de cobra. Bem feito, Cupertino, vê se aprende a se postar diante do milagre da vida, seu cachorrão.

Agora, só tiro os olhos da enciclopédia ilustrada quando algum mascate vem dar de malas nesses costados. Observo o ritual da retirada de panos e coisas, observo as negociações até três vezes sem juros e alimento a esperança de que Maria Alice saia de repente de um daqueles baús. Quem sabe vestida de princesa ou odalisca, quem sabe com os cabelos presos e óculos de professora. Maria Alice é a minha vida futura, a vida que não vivi. Devo a ela a arte de sonhar, de ir além da imaginação, de fugir dessa pachorra sem horizontes com que o destino me brindou.

Chega a notícia de que o mascate Challub voltou para sua terra para lutar na Guerra dos Seis Dias, que já dura um século. Outras vezes contam que contraiu tuberculose e tacou fogo na sua loja sem sair lá de dentro, assando-se em labaredas maiores que as da fogueira acessa na noite em que Maria Alice foi embora. Pouco importa. O que esperarei para sempre é a volta improvável de Maria Alice, a menina que enxergava longe, a mulher com mais coragem que todos os homens dessa aldeia juntos. Guardo o beijo que recebi como o segredo mais sagrado e a lembrança de maior valia.

Não sei se algum dia terei coragem de experimentar qualquer coisa além das páginas da enciclopédia ilustrada, mas sei que dentro do coração de Maria Alice navego o mundo, caminho os mares. Estou sempre onde ela estiver, tenho certeza. Devemos ser gratos aos que realizam nossos sonhos e gratíssimos aos que sonham por nós, que nos ensinam a sonhar.

Hoje, fomos ao enterro do sr. Cupertino. Apenas os vizinhos, a viúva e a cachorra Neném, sem os filhotes, que seu Cupertino havia jogado no Rio das Almas. Seu Cupertino atribuía à cria de Neném a maldição responsável pelo sumiço de sua filha. Coisa de gente ignorante. Tão ignorante que jamais abriu uma enciclopédia, "conjunto de todos os conhecimentos humanos", em que bem que poderia aprender que Maria Alice significa "senhora soberana de linhagem nobre" e que Maria Alice "é um nome composto que une um nome de origem hebraica, Maria, e um nome de origem germânica, Alice". E quem sabe também aprenderia que Maria significa "senhora soberana, vidente, pura" e é também um nome bíblico.

Às vezes tenho a sensação de que o mundo seria outro se em todos os lares existisse uma enciclopédia ilustrada. Quem sabe assim menos Marias e Alices se sentissem obrigadas a sumir pelo mundo, em busca de novidades. Afinal, tudo está ali nas enciclopédias. Tudo não, quase tudo, porque o calor do beijo de Maria Alice e seu sorriso encantador ainda não foram encontrados.

Por causa de Maria Alice, aprendi, fora da enciclopédia, que os mascates, além de nos trazerem novidades, às vezes levam nossos tesouros.

Na volta do cemitério, Neném, a cachorra de Maria Alice, foi direto para a Pedra Lisa. Sentei-me ao seu lado e, em silêncio, contemplamos o horizonte parco. Talvez isso não queira dizer nada, talvez isso queira dizer tudo. Como uma enciclopédia desilustrada.

Amigo, o que posso fazer para te ajudar? Fiquei bastante preocupado com as últimas notícias. Não acha que está cedo demais para tomar certas decisões? Olha, vou dizer algo que talvez, ouça bem, eu disse talvez, possa lhe ser útil.

Eu também passei por adversidades muito parecidas com as que você enfrenta neste momento. Nem vou falar dos entes queridos que perdi, pois a dor do luto é única e individual, cada um sente de uma maneira diferente e não tem caminhos para encurtar o sofrimento. Nem vou me referir às agruras de ordem financeira, pois essas não valem a pena ser mencionadas numa carta como esta.

Vamos falar aqui da decepção. Como machuca uma decepção. Seja ela de ordem moral, pessoal, amorosa, não importa, decepção é, com certeza, uma das maiores agressões que podemos sofrer. Não exagero quando digo isso, visto que a decepção está extremamente ligada à expectativa, que, por sua vez, se confunde também com sonhos e esperanças. E quando nossos sonhos são atacados, quando nossa esperança esmorece, nos aproximamos perigosamente da inércia e da morte.

Nossas perdas concretas nos possibilitam a chance de sofrê-las concretamente. Mas o fim dos sonhos atinge recantos de nossa subjetividade, da camada sensível de nosso ser, e por isso mesmo torna-se dificílimo diagnosticar ou aviar unguento que sare, cure, alivie a falta de compaixão.

Você se lembra do avô do Carlos, que se suicidou depois da derrota da seleção brasileira para o Uruguai na Copa do Mundo de 1950? Seria a decepção com o resultado de um jogo de futebol motivo suficiente para um suicídio? Pois bem, durante décadas a versão era essa. Muitos aceitaram, outros criticaram e até missa de sétimo dia foi negada para aquela alma penada. Quase todos os jogadores, ou todos que participaram daquele junho de 1950, aquele maracanaço, já se foram, e só agora fiquei sabendo pelo Carlos que encontraram uma carta de despedida em que o avô expunha, sem muita clareza, os motivos de seu ato.

Não deixa de ter uma relação com o jogo, é claro. Mas nada a ver com o resultado do placar ou com a perda da taça. Tudo estava relacionado a uma decepção que sua esposa, avó do Carlos, lhe causara. Veja como a idiotice às vezes nos cega. Dona Ana, avó do Carlos, esposa do seu Euclides, avô do Carlos, com quem foi casada por cinquenta e três anos, prometera ao marido que o acompanharia ao estádio de futebol caso a seleção brasileira chegasse à final do torneio. Promessa feita e não cumprida. No dia do jogo, ou na véspera, dona Ana resolveu que não poderia faltar à reza de um terço em homenagem à Imaculada Senhora de Viseu, conclamada que fora por seu grupo de orações com o reforço do próprio vigário-geral. Esquecera apenas de um detalhe fundamental: quatro anos antes, enamorados, ela prometera ao marido que o acompanharia, fizesse chuva, fizesse sol, àquele evento esportivo. Por seu lado, depois de juras e mais juras, o marido disse que, caso isso não acontecesse, ele iria sozinho e nunca mais ela o teria de volta do estádio. Riram, passearam de mãos dadas no passeio público e comeram coalhada e tapioca no mesmo restaurante onde começaram o namoro. Seu Euclides, como de costume, registrou tudo numa espécie de diário que cultivava secretamente.

Ele foi sozinho ao Maracanã e, por mais superlotado que aquele gigante estivesse, Euclides guardou o lugar de

Ana até o fim da partida, em vão. Fim de jogo, derrota, lágrimas, tristezas e, mais que tudo, decepção. Com certeza não era o resultado adverso que o incomodava, e sim a decepção causada pela quebra de promessa. Mas Euclides, que nas reuniões de fim de ano, ao discursar para a família, enfatizava sempre o fato de nunca ter decepcionado ninguém, com certeza não decepcionaria sua amada Ana e por isso, ali mesmo, resolveu cumprir a promessa de quatro anos atrás. Caso ela não fosse acompanhá-lo na final da Copa do Mundo, ela nunca mais o veria e realmente não o viu. Seu Euclides se jogou do alto da arquibancada, fazendo um gol contra ele mesmo e todos que o amavam.

Te conto isso para voltar a te perguntar o que perguntei no início desta carta: não acha que está cedo demais para tomar certas decisões? Não se precipite, amigo. Aguardar também é agir.

Tomei conhecimento das desavenças que você teve com seu superior na repartição. Chefes são armadilhas à espreita da caça. Por trabalharem menos que seus subordinados, lhes sobra mais tempo para deflagrar guerrinhas mesquinhas, implicâncias mórbidas. Com tanto tempo de casa, você deveria ter sido mais atento. Os chefes, na maioria das vezes, estão mais preocupados em encontrar defeitos que enxergar virtudes, é da natureza do quadro. Muitos, por entenderem que chegaram àquela posição depois de muito sofrer, se esmeram em impingir aos colegas a mesma via-crúcis que acreditam ter atravessado. E nos enxergam como se fôssemos suas cruzes, seu calvário.

Tive um chefe, no início de minha carreira, que não se contentou em destruir profissionalmente um companheiro de trabalho. Arrancou-lhe tudo. A dignidade, o respeito e, não satisfeito, tomou-lhe também a esposa, as duas filhas e o cachorro de estimação. Não preciso dizer que o fim desse episódio foi trágico, com o chefe sendo assassinado e o funcionário apodrecendo na prisão. Ali também faltou calma e sobrou precipitação.

Sei bem que seu entrevero foi mais leve, sem contornos absurdos ou trágicos, mas foi um desentendimento. Por certo, ele mereceu a cusparada no rosto, mas não precisava lhe tirar as calças e enfiar o espanador em sua bunda, acho que você exagerou um pouco.

Não estou aqui para criticar suas atitudes nem o persuadir a não fazer o que ache justo, isso não. Quero apenas lembrá-lo de que o tempo pode ser bom conselheiro.

Conheço sua trajetória, admiro sua conduta. Os tempos atuais estão mesmo complicados, mas é preciso perseverar. Não pense você que a minha vida é um mar de rosas, longe disso, tenho me intranquilizado bastante. As coisas não caminham bem para mim e ainda nessa semana ouvi calado da boca de meu filho mais velho que sou um sujeito ultrapassado, ignorante e frustrado. Isso mesmo que você ouviu. Aquele fedelho por quem quase me matei de trabalhar para proporcionar uma vida amena e rica em estudos voltou da América com um mestrado, um doutorado e uma mala lotada de petulância. Mantive a calma, mas me afastei magoado e triste.

Tenho lido muito pouco por falta de tempo e o que sobra depois do trabalho é um pouco de conversa com a Rita, nossa colega de faculdade, lembra-se dela? A Rita ficou viúva e rica. Tem uma joalheria especializada em dilapidar o patrimônio alheio. Não mudou nada, só deixou de tentar converter o mundo para o socialismo, virou *socialite*. Mas continua sendo muito agradável. Sempre nos encontramos a sós, sem grupos, sem estardalhaço. Ela continua tendo o Campari como bebida predileta, e eu a acompanho nessa viagem etílica com o meu bom e velho uísque. Nos vemos duas e até três vezes por semana. Corre muito afeto nesses encontros e, se não fosse por medo de parecer ridículo, eu arriscaria dizer que estamos namorando. Quem sabe, né? Semana passada, ela me deu um anel de doutor, muito bonito e valioso. Disse que era para compensar meu olhar de tristeza no dia de nossa formatura, quando não tive dinheiro para comprar o meu. Fiquei feliz com a lembrança e em troca lhe dei um beijo no rosto, para compensar os que não dei no baile de nossa formatura.

Mas espera lá, está vendo como estou disperso e fugindo do assunto? Caramba, continuo o mesmo prolixo de sempre. Acho que a advocacia me fez assim, enrolado, nunca indo direto ao assunto aonde quero chegar. Ou a advocacia ou a gagueira da infância, tanto faz.

Mas olha bem a história do anel. Demorou, mas chegou em minhas mãos, no meu dedo. O tempo conserta tudo, você não precisa antecipar nada.

Sei que sua decepção foi gigantesca e cruel, mas nem por isso você deve chegar a tanto. Deixa tudo para lá, segue sua vida.

Tenha a certeza de que quem te magoou não merece sua desventura. Erga a cabeça e olhe em frente. Sempre haverá um horizonte a ser atingido. Você, que gostava tanto de citar Dom Quixote de la Mancha, não vai agora se entregar a moinhos de ventos, moedores de gente. Se você achar necessário, posso pegar um avião e ir até aí para conversarmos mais de perto. Quem sabe convido a Rita e aproveitamos para reviver aqueles tão deliciosos momentos a três que vivemos. Quem sabe? Podemos varar a madrugada cantando, sorrindo, dançando e recitando de novo o seu lindo poema que dizia não permitir que nossos sonhos fossem massacrados. Não faz nada por enquanto. Lembre-se de que você tem um grande amigo sempre ao seu dispor. Sou muito grato por tudo o que você fez por mim na juventude.

E outra coisa. Daqui a três domingos, completará vinte e um anos que você fez a doação de seu rim para o Militão. Ele está bem de saúde até hoje e tem por você muita gratidão. Gratidão do Militão não é pouca coisa, não.

Antes de tomar qualquer atitude, responda-me esta carta. E tenha certeza de que se você realmente não voltar atrás, vai acabar com a vida de muita gente, inclusive a minha.

Você é muito mais importante do que pensa. Muita gente precisa de você. Por isso, não se transforme em um ser egoísta e avarento. Tome um banho frio, faça a barba, desça até a rua e puxe conversa com o primeiro estranho que encontrar. Tenho certeza de que isso vai lhe fazer bem. Tudo na vida é recuperável, até a vontade de se viver.

Um forte abraço de quem sempre precisou muito de você.

P.S.: não sei se esta carta chegou a tempo. Vamos aguardar.

O diagnóstico de depressão grave foi emitido há mais de um ano. Desde então, fui afastado de minhas funções e buscava preencher os dias com caminhadas, banho de sol e recordações. As praças da cidade estavam tomadas de gente mais ou menos igual a mim. Velhos aposentados, mendigos, inválidos e malandros. Algumas prostitutas decadentes ganhavam seus trocados agindo rápido nos banheiros públicos, espalhando prazer sem tirar as roupas e dando garantia de discrição e anonimato. Eu não estacionava em lugar certo. Preferia cruzar paisagens sem me fixar em ponto algum. Com essa prática, conheci lugares inimagináveis. Na mesma cidade em que vivo há cinquenta e cinco anos habitam seres desconhecidos e instituições misteriosas dos quais jamais havia me dado conta.

Prédios tombados pelo patrimônio histórico e artístico nacional se espremem entre edifícios envidraçados e modernosos. Placas explicativas narram as epopeias vividas pelos personagens relevantes do passado. Aqui viveu o barão Fulano de Tal, acolá foi degolado um infante, nesta igreja casou-se a princesa Sicrana, a Grande Loja do Oriente abrigou a Maçonaria, e nestas pedras repousam os restos mortais dos escravos. Tudo pode ser visto com a importância que tem, mas também como uma montanha de entulhos sem serventia. Para professores e pesquisadores, tudo de grande valor e digno de preservação; para outros tantos, um amontoado de pedras velhas merecedoras de uma boa carga de dinamite.

Mais ou menos como se dá com a vida das pessoas. Muitos são importantes, e outros tantos não fariam falta a ninguém, não deixariam saudade alguma se desaparecessem do mapa antes do dia anoitecer. Eu me alinhava no rol dos desimportantes. Falo no tempo passado porque, de uma hora para outra, tudo mudou. Faço parte agora do rol dos heróis nacionais. Herói por acaso, mas herói. É assim que tenho sido chamado, recebido e tratado. Sou exemplo de altruísmo e amor ao próximo, dedicação e reserva moral de uma sociedade que insiste em decair e aviltar.

Nas encolhas, com a cabeça no travesseiro, dou risadas discretas, zombo de tudo. Quem diria que a depressão, doença assustadora com ares de epidemia, seria a responsável por mudanças tão radicais nessa minha desimportante biografia!

Tudo aconteceu no jardim zoológico da cidade em um dia útil. E justamente por não ser nem sábado nem domingo é que decidi visitar aquele bucólico recanto de matas e árvores incrustado no paliteiro de cimento e aço da capital do estado mais rico da nação. Esperava que estivesse vazio, sem muitos visitantes, e estava. Estavam lá dois ou três desavisados deitados na grama e mais nada de anormal, não fosse, justo esse, o dia de visitação escolar.

Eu havia tomado os remédios pela manhã, ido ao banco retirar o benefício e me dado o direito de almoçar fora de casa em uma leiteria tradicional do centro. Lembrei-me de uma reportagem a que havia assistido em coisa de mais ou menos um mês atrás e que retratava os locais tranquilos onde as famílias ainda podiam desfrutar de momentos de paz e tranquilidade. Me faltavam as três coisas: paz, família e tranquilidade. Exatamente por isso, embarquei no trenzinho turístico e rumei para lá, sem imaginar que estaria indo em direção a uma aventura imprevisível. No trenzinho, só eu e o motorneiro. No destino, um novo destino.

Refastelado no gramado, absorvia os raios carinhosos e amenos do sol de maio. Por pouco pegava no sono e só não o fiz porque fui despertado pela algazarra dos alunos municipais, todos de azul e branco, com uma energia incompatível com o ambiente e o descanso.

Para não ser incomodado e seguindo as recomendações psiquiátricas, me afastei do gramado e de um possível motivo de estresse e caminhei a esmo até estar próximo da jaula dos bichos considerados perigosos, indomáveis e ferozes. Parei em frente à casa das panteras, negras, fortes e assustadoras.

Moravam ali um casal e um filhote recém-nascido; os primeiros eram muito pouco hospitaleiros, o que se podia notar pelos urros constantes e os ataques à grade que os prendia. Fiquei ali, absorto em meus pensamentos e inundado de pensamento nenhum.

Nem sei se essa sensação de vazio sempre me acompanhou ou se a conheci apresentado pela depressão. Sei apenas que ela traduz uma sensação de conforto em que não pensar em nada chega a ser muitas e muitas vezes mais excitante do que pensar em qualquer coisa. Complicado, mas simples assim.

Quebrando esse marasmo, esse quase nada que me envolvia, ouvi gritos humanos misturados aos urros das panteras. Uma criança de mais ou menos oito ou nove anos estava dentro da jaula, tocaiada pelos bichos. Exceto o filhote, que havia acabado de mamar, pai e mãe estavam famintos, com fome de carne ou sede de sangue, humano de preferência.

Precisava buscar socorro, gritar por alguém, um tratador, um policial ou quem sabe um membro da Suprema Corte de Justiça que expedisse imediatamente um alvará de soltura. Mas que nada, fiquei paralisado como se também me encontrasse dentro da jaula, encurralado.

Como aquele menino foi parar ali dentro jamais foi esclarecido. Com exceção de um pequeno buraco na tela por onde ele caiu, tudo era hermeticamente vedado. O buraco da tela era no teto da jaula. A perícia indicou que uma causa provável poderia estar no fato de que acima do teto florescia um pé de manga e que a criança, no afã de catar uma fruta, teria escorregado e caído na arena de morte. Se isso for verdadeiro, compreendo a atitude do pequeno aprendiz, afinal, quem resiste a uma manga no pé? Mesmo que isso signifique um encontro com a morte.

Nem os gritos nem os urros me assustaram tanto quanto a expressão de pavor estampada no rosto daquela pequena criatura. Acredito que tenha me visto naqueles olhos. Nas aflições, pensamentos e imagens passam em velocidade estupenda, e você não consegue sequer saber no que está pensando. Quando queremos ficar sozinhos, sempre aparece alguém para perturbar. Quando você deseja uma multidão, não aparece ninguém.

Éramos cinco: três panteras e dois seres humanos. Ou melhor, duas panteras, um ser humano adulto e duas crianças, uma de cada espécie.

Pensei em arremessar algum objeto na cabeça dos bichos, urrar também, cuspir, balançar a grade, qualquer ação que os espantasse, mas todas as ideias se revelaram imediatamente inúteis e absurdas. Apelei para o raciocínio, ainda que este se encontrasse sob os efeitos do antidepressivo. Mas contra a depressão, ação. Enxerguei o buraco na tela superior e concluí, por motivos óbvios, que a única chance de o garoto escapar com vida dali seria sair exatamente por onde entrou.

A minha destreza em escalar mangueiras, que pensei ter acabado ainda na infância, estava viva. Em segundos, eu já estava nas grinfas, encostado nas mangas e assistindo à cena de um local privilegiado. Estavam todos paralisados lá dentro, bichos e gente. Desci da árvore e alcancei a tela. A pantera macho me dirigiu um olhar e um urro, nenhum dos dois amigáveis. Fingi que tudo não passava de um faz de conta e me deitei na cama de ferro, fria e desconfortável. Medi com os olhos a distância até o menino: ela não era grande. Precisava que ele esticasse o bracinho e encontrasse meu bração. Se ele conseguisse pegar na minha mão antes que as panteras o fizessem, estaríamos salvos, e foi quase isso o que aconteceu.

O garoto ouvia meu silêncio e decifrava as ordens dadas por meus olhos. Pulou, segurou firme em minha mão e, quando já estava com metade do corpo a salvo, a pantera reagiu, deu um salto acrobático e nos arrastou para dentro da jaula. Agora éramos dois contra três, e o filhote inocente estava pronto para proclamar o resultado da peleja.

Era curiosa, no mínimo, a atitude das feras. Outra vez estancaram, em posição de bote, atentas aos mínimos movimentos, com uma superioridade incrível e desmensurada em relação aos seus oponentes, mas sem dar sinais de que nos atacariam primeiro. Estávamos todos expostos em uma disputa de paciência e sangue frio. Talvez a única coisa que possuíamos em superioridade no ringue fosse o medo. Exatamente isso: nosso medo era gigantesco naquela relação. E panteras-negras também têm medo? Pensei nisso pela primeira vez e a primeira resposta que me veio era que não. Medo fazia parte da natureza humana e de animais domésticos, mas aquelas feras teriam medo de quê? De nada, imaginei.

O menino, arriscadamente, deu um salto curto e grudou-se ao meu corpo. Estava trêmulo e frio, quase congelado. O medo tem cor, cheiro, nome, sobrenome e fisionomia. É quase um ser vivo e independente. Medo provoca medo.

Olhando nos olhos que nos olhavam, percebi que alguma coisa em comum nos unia, ou nos separava, não sei. Enxerguei uma faísca, um pequeno sinal de que, por trás daquelas aparências, um traço de humanidade se apresentava. Estaria delirando? Seria esse pensamento algo idiota, natural em quem sabe que está às vésperas da finalização de seus dias? Podia ser tudo isso, mas eu não estava enganado. Um dia qualquer, de um ano qualquer, aquelas panteras foram vencidas por homens. Elas não estavam na selva, nas matas, em seu habitat natural. As feras, assim como eu e o menino, estavam presas na mesma jaula, encarceradas naquele presídio de segurança máxima, sem muitas perspectivas.

Como teria se dado a captura daqueles animais? Os dois maiores estariam juntos, namorando, caçando ou nadando, fazendo qualquer coisa que os casais fazem juntos quando foram aprisionados? Foram capturados por rede, soníferos ou quem sabe por tiros? Já se conheciam antes de vir para o zoológico municipal ou se conheceram aqui? São estrangeiros ou fazem parte da nossa deslumbrante fauna nacional? Seja o que for, certamente um sabia muito mais do outro do que eu desse menino travesso que encalacrava minha vida.

Eu não conseguia achar explicação para o fato de que nestes vinte minutos não tivesse aparecido vivalma para nos socorrer. Mesmo vazio, era inexplicável o ermo daquele local preciso. Onde estariam os outros alunos a essa hora? O professor certamente estaria diante do lago, descrevendo a longevidade das tartarugas e jabutis, ou exaltando a beleza das cores intensas das asas de uma arara, ou criticando a vaidade de um pavão. Estariam em qualquer lugar inútil ignorando a presença barulhenta daquela turba. Estariam em todos os lugares em que não precisavam estar, menos aqui, na porta da jaula que encarcerara o desassossego de cinco corações fora de ritmo.

Peguei cuidadosamente o sapato que havia saído do meu pé durante a queda e comecei a calcular a ação seguinte. Quando ganhei um cachorro do pelo preto na infância, costumava passar horas e horas arremessando meu sapato para vê-lo correr velozmente atrás dele e, contente, trazê-lo de volta, com a prenda bem firme na boca. Quem sabe não daria certo também com as panteras-negras.

Ou talvez fosse mais prudente, em vez de propor uma brincadeira canina, que eu usasse o salto grosso do pé esquerdo desse modelo popular para arremessar com força o sapato na cabeça do macho e, na zonzeira que isso lhe provocasse nesse breve intervalo de atordoamento, eu empreendesse uma debandada geral. Fiquei pensando nas possibilidades enquanto sentia que a roupa molhada e o suor do menino, misturado ao meu, amalgamava uma amizade que nunca existiu, um amor fraternal, paternal, filial e abissal. Nós dois éramos um só e isso nos aumentava a coragem, ou melhor dizendo, diminuía nosso medo.

A natureza, sempre sábia e solidária natureza, nos socorreu. Nada é sem sentido nessa e em outras vidas. Acreditem se quiserem neste breve relato de tudo o que aconteceu num piscar de olhos.

Quando a pantera emitia sinais claros de que sua paciência estava chegando ao fim e dava início a um arranhar de chão, afiando suas garras e rastejando para se aproximar mais de nós, uma linda manga, meio verde, meio madura, com corpo e peso avantajado, caiu do nada, com pontaria perfeita na cabeça do algoz.

O tempo do susto, frações de segundo, foi o suficiente para me desvencilhar da criança e, em um salto surpreendente, tão ágil quanto o da pantera, me agarrei na grade do teto. Já com a cabeça do lado de fora, senti um peso nas pernas, me puxando para baixo. Não era nenhuma das panteras, era a criança, que eu havia deixado para trás. O impulso final foi tão forte e inimaginável para meus cinquenta e cinco anos de idade que, como um raio, fomos parar longe das grades, do pânico, do terror.

Bastou isso para que uma multidão aparecesse. Gritaria, algazarra, nós dois abraçados na grama, a professora perguntando quem era aquele homem agarrando seu aluno, os guardas chegando e as panteras desoladas assistindo àquela cena e estraçalhando a manga redentora, a manga milagrosa, razão da dor e do alívio, agora nos representando nas garras e dentes de uma família de panteras que, com certeza, daquele fruto vai comer até o caroço.

Tudo esclarecido, tudo relatado, tudo recebido com espanto e admiração, estou eu aqui, herói depressivo, herói por medo e acaso, herói por falta de opção.

Visito escolas, dou entrevistas, faço palestras. Incontáveis vezes repeti o relato de como tudo aconteceu. Quase sempre o Luís Eduardo (é esse o nome do meu companheiro de aventuras) me acompanha. Ele não diz nada, apenas balança a cabeça confirmando o que digo, ele é mudo e ficou conhecido como o Mudinho da Pantera. Luís Eduardo, segundo o pai e a mãe, hoje é uma criança mais feliz e esperta do que antes do zoológico.

Diminuí bastante a dose de antidepressivos, mas não posso me considerar curado. Muitos médicos comparam a depressão ao alcoolismo, a pessoa nunca deve achar que está definitivamente curada, tem que vencer uma nova batalha a cada dia. Tenho vencido as minhas.

O filhote das panteras é uma fêmea, deram a ela o inexpressivo nome de Manga Verde, em alusão aos acontecimentos.

Recebi muitos presentes e sou reconhecido nas ruas. Falo sobre quase tudo, só não digo que a coragem para escapar daquela jaula foi uma reação ao medo e à vontade de continuar vivendo, nem que fosse para ser como um covarde que abandonou a criança. Isso eu não falo e também não ia mudar muito as coisas se dissesse para alguém. Quando as pessoas querem consagrar um herói, não há quem as faça desistir. Sem heróis a vida é uma covardia, uma vida sem mangas e sem panteras, sem urros, suores e mudos.

Há quem prefira a vida assim, de estátuas e placas, medalhas, guerras e condecorações. Há também os que me questionam e perguntam por que eu deixei as panteras vivas, por que eu não salvei primeiro o Luís Eduardo para depois me salvar. Há os que não se contentam com nada e há também os escroques, os pusilânimes, os covardes e imperdoáveis seres como o filho da puta que filmou com um aparelho celular todos os nossos tormentos naquela tarde no zoológico e ficou rico vendendo as imagens para as televisões de todo o mundo. Esses são, para mim, imperdoáveis, mereciam receber uma pancada de manga verde na cabeça e serem servidos como alimento às feras presas de todo o planeta. Amém.

Calma aí, gente. Eu estava brincando, sem maldade. Esperem um pouco, por favor. Não quero ser levado a sério. Retirem meu nome dessa lista. Não aceito condenação. Condenação sem crime é injustiça, perversão. Eu estava brincando, sem maldade. Podem rebuscar, escarafunchar meus arquivos, que jamais encontrarão um sinal sequer de que eu pretendia levar a sério essa brincadeira. Sem mentiras, sem medo, sem querer fugir, eu reafirmo: estava na vida de brincadeira.

Ninguém me avisou que isso aqui iria ficar desconfortável assim. Meu negócio era andar sem camisa, pés descalços, jogar bola e sentir o azedo do tamarindo. Foi por isso e por outras *cositas* mais que vim levando, bailando, driblando. Abrir os olhos, pular da cama, molhar o pão no café com leite, sorrir e correr, era essa minha escolha, somente essa minha missão.

De manhã, eu era um índio; à tarde, um cowboy intrépido, corajoso, para então, à noite, me transformar em namorado da Lua. Me embrenhava em um pequeno matagal, como se estivesse explorando a parte mais densa da Floresta Amazônica.

Desenhei casas e habitei castelos. Mergulhava em piscinas de diamantes e fazia desaparecer, em um piscar de olhos, tudo o que me desagradasse, tanto coisas quanto pessoas. Na chuva, me banhava, e, com os olhos arregalados, encarava os raios de sol para que suas energias penetrassem meu corpo e me transformassem em um super-homem.

Curioso, segurei em fio desencapado e espiei mulheres tomando banho, assisti a briga de galo, cruzamento de cachorro e botei fogo em querosene. Conheci lâmpada e lamparina, fogão a gás e fogão à lenha, carne de primeira e muxiba.

O peito sempre me chegou à boca na hora exata da fome. Depois veio a laranja descascada, o A-E-I-O-U e o ponto-final, a vírgula, a exclamação. Pouco fui buscar, muito me veio à mão.

Mesmo quando assisti à primeira enchente arrastando casas e animais, mesmo quando vi o primeiro incêndio devorando as matas e mesmo quando vi pela primeira vez um pai batendo no filho, ainda assim, brinquei.

Decidi que as lágrimas derramadas dos olhos da mãe abandonada com cinco filhos para criar seria coisa passageira, coisa rara e que não se repetiria com frequência. O caminhão caído no despenhadeiro, o homem algemado e o louco na camisa de força, os cães apedrejados, o tuberculoso que vomitava sangue, a freira que fugiu do convento e o homem que bebeu veneno seriam apenas personagens que se intrometeram na novela errada. No meu roteiro, só havia espaço para desfechos felizes. Com o tempo, tudo se ajeitaria.

Calma aí, gente! Eu só estava brincando, sem assentar maldade em coisa alguma.

Meu sapato novo, tinindo de brilho e graxa, as meias soquetes brancas e a galhardia do uniforme me levavam a marchar com honra e glória no aniversário da independência do meu país e isso me bastava, me integrava e abastecia meus sonhos.

Por que, então, me jogaram aqui de repente, em um terreno desconhecido e pantanoso? Não me perguntaram sequer se eu estaria disposto a encarar essa nova vida, que de nova não tem nada, só desilusão e dor.

Eu, que andava com uma folha de guiné no bolso para afastar o mau-olhado, agora estou abarrotado de identidades e CICs, CPFs, reservista, título de eleitor, cartão de crédito e tipo sanguíneo. Me postam em filas e me distribuem senhas. Me cadastram e me arguem, me classificam e apontam por onde devo seguir.

Eu estava brincando e meu recreio foi interrompido pelo grito quase humano de sirenes e tiros. Mal sobrou tempo para agradecer meu par na quadrilha da festa junina. Olha a chuva, a ponte quebrou, olha a cobra. E o que era encanto transformou-se em feitiçaria.

Estou perfilado e uniformizado por um exército pelo qual não desejo lutar. Me resta ser desertor, mercenário, pária ou covarde. Talvez prefira ser tudo isso a infringir as regras de minha consciência, cuja única exigência era não desistir de ser feliz.

Para quem estou trabalhando, afinal? Durmo cada vez menos. Cochilo nos ônibus, trens e metrôs. Carrego pedras, assino documentos, atendo a clientes, varro o chão, faço qualquer coisa e tudo o que faço não tem a menor serventia para mim.

Sei que não sou o único a maldizer e renegar esses dias. Quase todas as outras criaturas também não demonstram contentamento. Médicos gritam, engenheiros reclamam, advogados esbravejam. Estão todos vendo seus pacientes morrerem, suas obras desabarem e seus clientes serem encarcerados. Quando alguém se rebela ou se queixa, de imediato outro alguém pondera: "Se está ruim pra você, imagina pra mim".

E assim segue essa boiada quase anônima, quase imaginária rumo ao matadouro, desagregada e desistente. É injustificável tamanha leniência. O grito de alerta amofina-se nas gargantas dos que se emudeceram pelo tédio e se deixaram calar pela desilusão.

Somos espancados e obrigados a não reagir. Somos anulados e proibidos de protestar. Alguém disse que é assim que é, assim que deve ser, e isso foi acatado como uma ordem divina, sobrenatural. E bem sei que em algum lugar deste mundo alguém está desfrutando do resultado de tamanha vilania.

Então, por favor, parem, respeitem meus sentimentos. Eu só estava brincando. Quando cheguei, as regras eram outras e viver não era nada parecido com o que me oferecem agora.

Que se dane o juízo de valor que farão de mim. Pouco importa a repercussão que poderá advir. Queimem meus bens, salguem meu corpo, destruam minha parca reputação. Espalhem meu retrato e ofereçam recompensa por minha captura, prometam sigilo a quem me denunciar. Pouco importa mesmo, já está decidido. Não vou por aí, me recuso a ir por esses lados. Vou continuar pelo caminho que escolhi, por onde sempre andei. Vou reabrir as trilhas que interromperam. Não vou mais escorregar nessa lama infectada com que pavimentaram as estradas sórdidas da obediência e da exploração.

Então, por favor, parem com isso. Eu estava brincando, sem magoar ninguém, e vou continuar assim. Vou continuar brincando, porque aprendi uma coisa: brincadeira é coisa séria e, por isso, brincando continuarei a brincar.

Eu vivo nos cemitérios. Não sou coveiro, mas me chamam assim. Desde criança sou fissurado por uma cerimônia fúnebre. Não encontrei nada neste mundo que me apetecesse tanto quanto um bom velório. Velório é apenas uma parte do espetáculo. O ritual da morte é bastante rico e emocionante. A primeira coisa necessária para que aconteça um enterro é que alguém morra. E morto é o que não falta. Pode ser morto de morte morrida, matada ou suicidada.

O movimento aqui começa por volta das sete da manhã, antes disso ninguém pode ser enterrado, e vai até as cinco da tarde, quando o último ataúde baixa na sepultura.

Para quem não entende do assunto, pode parecer que todo enterro é igual. Mas não é. Tem muita coisa parecida: parentes, viúvas, filhos, choro, missa, coroas de flores. Tudo isso é repetitivo, de fato, mas posso afirmar que cada morto tem suas peculiaridades. Assim como na vida, o enterro de ricos, por exemplo, é bastante diferente do enterro de pobres. Os ricos são mais discretos na exposição de seus sentimentos. Geralmente, usam óculos escuros e enxugam lágrimas furtivas com lencinhos de seda. Pobre é mais exagerado. Grita, geme, se descabela e quase sempre desmaia.

A parte litúrgica também difere. Dependendo da riqueza do rico, aparece padre exclusivo e, às vezes, até bispos, arcebispos e cardeais. Enaltecem as virtudes cristãs dos falecidos e suas ações de benevolência para com a sociedade.

Os pobres, mais ecumênicos, atraem muitos pastores evangélicos, macumbeiros ou diáconos, que fazem plantão nos cemitérios. As coroas de papel crepom imitando flores contrastam com as centenas de palmas, crisântemos, cravos e faixas suntuosas com dizeres bordados em dourado.

Alguns mortos importantes teriam que ocupar duas sepulturas – uma para o corpo e outra para enterrar as flores e homenagens. Outro aspecto relevante é a quantidade de pessoas embriagadas que comparecem aos enterros de pobres. A capela fica empesteada pelo cheiro de cachaça barata e pelo perfume das viúvas. Viúvas, sim. No plural. Porque se rico tem amante ou mais de uma mulher, estas não comparecem ao funeral. Ali, só a legítima esposa e os filhos registrados.

Os pobres não fazem cerimônia. Aparecem todas. Atuais e ex. Filhos legítimos e bastardos, e, não raro, o couro come e só a chegada da polícia consegue serenar os ânimos. Na verdade, enterro de pobre é bem mais divertido que enterro de rico.

A morte não muda muito o estilo de vida que o defunto exerceu em sua permanência na terra. Aqueles que passaram a existência em residências luxuosas, na hora de serem entregues aos vermes, fazem isso em caixotes de luxo, jacarandá, madeiras nobres com direito a janelinhas de vidro. São depositados em suntuosas sepulturas, jazigos da família cobertos por mármores e cruzes de bronze.

O pobre, que viveu escorado em palafitas e barracos, não muda o status. Recebe caixãozinho de ripa ou aglomerado, cova rasa ou gaveta. Para os parentes e amigos do pobre, o importante é que a sepultura tenha número. Não que eles pretendam fazer futuras visitas, isso não. Querem mesmo o número para usar como palpite. Saem correndo do cemitério para apostar no jogo do bicho e, quando não são premiados, ainda xingam e caluniam o falecido.

Muita gente é curiosa em saber o porquê dessa minha dedicação aos enterros e cemitérios, velórios, velas e sepulturas. Ouço sussurros e comentários. Alguns respeitosos, outros jocosos. Acreditam que sou doido, anormal, psicótico. Atribuem-me histórias do arco-da-velha. Me inventam tragédias e esquisitices.

Já ouvi relatos de que, ainda jovem, perdi uma namorada em circunstâncias trágicas e que, desde o seu enterro, nunca mais abandonei as áleas dos cemitérios. Quem me dera que algo assim tão romântico e folhetinesco me tivesse acontecido.

Já fui acusado de violar sepulturas, violentar corpos, furtar objetos. Tudo para tentar me impedir de viver aqui na terra do silêncio. Não me importo com nada disso. Sou simples e calmo e saberia muito bem explicar por que prefiro a paz do campo-santo às turbulências das ruas. Mas a verdade não desperta interesse em quem prefere as lendas aos fatos.

Vivo aqui porque quero. Escolhi esse ritual com o esmero de quem escolhe uma profissão, um grande amor. Sou de família rica. Enterrei pais e avós. Herdeiro universal de considerável fortuna, me permito não trabalhar lá fora.

Mas foi o fogo-fátuo que me atraiu para cá. Para quem não sabe, eu digo. A descrição mais fácil do que é o fogo--fátuo é mesmo essa dos dicionários: "Luz que aparece à noite, geralmente emanada de terrenos pantanosos ou de sepulturas, e que é atribuída à combustão de gases provenientes da decomposição de matérias orgânicas". É também conhecido como "falso brilho, glória passageira".

Outros o chamam de boitatá, mito indígena que simboliza uma cobra de fogo que se arrasta, emitindo luzes.

Um dia, fim de tarde, ouvi no rádio de uma lanchonete uma música cuja letra falava de algo "salpicando de estrelas nosso chão". Fiquei muito impressionado e, desde então, passei a procurar esse chão salpicado de estrelas. Passava noites olhando para o céu à espera da chuva de estrelas que deveria vir do alto para iluminar nosso chão. Isso nunca aconteceu.

Mas continuei com a minha busca incansável, minha espera paciente, até que um amigo me disse que vira algo parecido no Cemitério da Paz. Isso, segundo ele, acontecia durante a madrugada e, enfrentando o frio e o medo, passei a ir todas as noites em busca das luzes. Uma semana de vigília e, de repente, o milagre. Não eram uma ou duas chamas, eram várias luzes se revezando. Parecia que os mortos acendiam lanternas que emitiam luzes azuis, quem sabe procurando o caminho da ressurreição, o reino dos céus. Fiquei encantado e impressionado com aquele fenômeno.

Voltei no dia seguinte pela manhã em busca de vestígios daquele fogaréu. Não havia rastros, nada que lembrasse a noite anterior. E foi aí que começou meu encantamento pelos cemitérios. Naquela manhã, acompanhei, nunca soube bem o porquê, o primeiro cortejo fúnebre de minha vida.

Não era muito concorrido o féretro. Coisa simples, trinta pessoas, no máximo. Os presentes se comportavam normalmente, nenhuma alteração ou choro que chamasse atenção.

Soube depois que o morto era um octogenário e percebi, com o tempo, que a morte de pessoas idosas causa menos sofrimento aos que ficam do que quando a pessoa é colhida ainda na flor da idade. O figurino da morte veste melhor os que já viveram bastante. Definitivamente, morte e juventude são inconciliáveis.

Quando voltava dessa cerimônia, ainda percorrendo as áleas do Cemitério da Paz, dei de cara com outro cortejo. Esse era diferente. As pessoas estavam nervosas, aflitas, revoltadas mesmo. Quase todos trajavam uma camiseta branca com a foto do morto estampada no peito.

O finado era um negro, bastante jovem, e espalhava um largo sorriso na fotografia. O rito lembrava mais uma passeata que um cortejo fúnebre. Soube logo que se tratava de mais uma vítima de bala perdida.

Os amigos clamavam por "Justiça! Justiça!" e bradavam "Assassinos! Assassinos!". Logicamente se referiam aos policiais militares que desferiram a "bala perdida" no peito do jovem. Os parentes garantiam que o menino era trabalhador, estudioso e jamais se envolvera com crimes ou ilegalidades.

A mãe, com o manto da dor e o olhar do desespero, trazia nas mãos a carteira de trabalho do rapaz, sinalizando para o mundo que seu filho era um cidadão bom, cadastrado e contribuinte do Sistema Nacional de Previdência e que, apesar de muito jovem, já era pai e responsável pelo futuro de duas filhas menores: Kelly Cristhina, de três anos, e Jessica, de apenas sete meses.

Era muita comoção. Comoção e revolta. Corpo baixado, lágrimas jorradas, e os participantes foram para a porta do cemitério. Queimaram pneus, construíram barricadas e apedrejaram uma viatura policial que fazia plantão por ali. Incendiaram um ônibus, interromperam o trânsito.

Reforços policiais foram chamados, soltaram bombas de efeito moral, spray de pimenta, algemaram alguns, espancaram outros, e a mãe do falecido, aos prantos, deu entrevista para a equipe de televisão que estava ali para colher imagens que ilustrariam o telejornal da noite.

Descobri naquele dia que não precisaria ir a nenhum outro local da cidade que não o cemitério. Se a morte é o fim, o cemitério é o começo onde esses imensos fins se encontram.

Eu poderia passar dias e dias relatando aqui os inúmeros velórios e enterros que presenciei. Enterrei artistas e atletas, ídolos e desconhecidos, homens, mulheres, crianças e anjinhos. Até um presidente da República eu enterrei.

São quinze anos ininterruptos dentro dos cemitérios, sem descanso, sem folgas, sem domingos e feriados. Me sinto bem assim. Compreendi a desimportância da vida e a falta de sentido da morte.

Não converso com ninguém. Apenas ouço e observo. Não me importa ser tratado como louco. Minha demência é controlada. Sou senhor absoluto da minha razão. Pago impostos e me comporto segundo reza a cartilha da convivência social. Apenas escolhi viver por aqui, ao lado da morte.

No fundo, e o que ninguém sabe, é que para sempre viverei em busca de um "chão salpicado de estrelas". Ando com passos firmes e bem-arrumado. Sei respeitar a dor alheia e não faço mal a meus semelhantes. Quero apenas encontrar um chão luminoso e pisar nos astros distraído, com a certeza de que a ventura dessa vida é a cabrocha, o luar e o violão. O resto são cinzas e nada mais.

Talvez estejam ardendo as labaredas do inferno, talvez esteja chegando o Apocalipse. Talvez nada vá além da imaginação, do delírio.

Homens arrastam correntes dentro da própria casa. Nas ruas, se esfaqueiam, se mordem, se beijam e se lambuzam. Os rios mortos, feito caldeiras de lixo e nojo, estão parados, sem a outra margem. Fez-se a escuridão.

Os bichos não se reconhecem mais e se cruzam entre espécies diferentes e incompatíveis, produzindo monstros que o cio jamais concebera. Os deuses desmoralizados e os profetas errantes se escondem da ira da população. Promessas não cumpridas, esperanças destroçadas.

Clamar por socorro é inútil. A hora é de salve-se quem puder.

O pastor perdeu-se do rebanho e o rebanho foge do pastor. A chuva já não molha nem fertiliza. A chuva destrói, inunda e mata. A serenidade das ondas e o ciclo previsível das marés explodiu-se em tsunamis inimagináveis. O que desce do céu agora é lodo e cinzas vulcânicas. O pintor borrou seu próprio quadro e o orador não reconhece mais suas palavras. Aos infernos, a poesia!

Todos foram previamente alertados. Trombetas soaram e alertas foram emitidos. Alguns acreditaram e outros não. Ambos estão perdidos. A guerra cega extingue a luz. A besta ataca por todos os flancos e as estratégias de defesa perderam a validade.

De que valeu cultivar a horta, polir as unhas e aprender idiomas se o que restou foi a iniquidade, o descompasso de todos os valores, a derrocada dos jubileus concedidos pela indulgência papal? A tragédia prometida para milhões de anos-luz além precipitou sua chegada. O fim chegou e toca a campainha das portas que estiveram fechadas e, por não ser atendido, as arromba, devassa. Não tem para onde correr, não existe escapatória. Fundiram-se valentes e covardes, párias e heróis.

Para a menina feia e desprezada, para o mendigo errante e invisível pouco mudou. Tudo permanece insuportável, como sempre foi. Os usurários buscam esconderijo para suas fortunas. Os assassinos tentam ressuscitar suas vítimas, e o toureiro pede perdão ao touro, enquanto espera da plateia um grito de indulto que nunca vem.

Vamos, senhores, desfaçam-se urgentemente de seus guardados e memórias. Degustem o veneno destilado de seus baús de carvalho. Procurem nas florestas o que restou das árvores e, se encontrarem alguma, tentem saber qual é a dor real que o machado provoca e a motosserra causou.

O altar ruiu, o confessionário está aberto à visitação, os pecados são de domínio público, mas o estoque de perdões esgotou-se. Entoem cânticos e louvores, paramentem-se de hipocrisias e óleos, quem sabe assim será menos dolorida a descida aos infernos.

Se quiserem encontrar algum sentido para existências tão inúteis, auxiliem na busca do diadema de flores e do gatinho de pelúcia que Neuzinha perdeu. Releiam jornais e revistas, quem sabe por lá esteja impressa a notícia do que ainda está por acontecer. Saboreiem os horóscopos, os mapas astrais e os jogos de búzios. Antecipem o passado o mais rápido possível e, se sobrar tempo, peçam desculpas ao sr. Pedro Luís, que foi condenado à morte injustamente no século XXI por ter roubado um frango congelado das prateleiras de um supermercado.

Façam o que quiserem e o que bem entenderem, já não importa. A maldição foi decretada e todos estão fadados ao fim. Uns sofrerão mais, outros menos, mas todos sofrerão.

As labaredas estão acesas e os afogados virão à tona, putrefatos, umbigos inchados de castigo e maldição.

Talvez sobreviva um inseto ou uma larva, talvez reste um caco de vidro ou uma caneta enferrujada, quem sabe uma chaga ou uma coroa de lata. Talvez nada sobreviva. Agrupem-se e se abracem. A hora final talvez seja menos dolorosa se não vivida em solidão. Esqueçam-se de endereços e documentos, já não são mais úteis. Abandonem seus barbeadores e seus títulos de honra, eles perderam a validade.

Hoje é apenas mais um dia no calendário dolente e previsível. O que vocês assistem nada mais é que o retrato de um dia a dia vivido sem esperanças, sem cor. Está passando a última condução para o centro da cidade e preciso me apressar. No último memorando, a direção da empresa alertou que atrasos não serão mais tolerados. Já passa de sete e meia da manhã e, mesmo sabendo que vocês precisam de minha palavra, preciso partir.

Se Deus quiser, estarei aqui amanhã, no mesmo horário, para propagar sobre as virtudes e vícios que habitam a alma do ser humano. Tenham todos um bom dia.

Eu cometi um crime simples, sem mistérios ou ousadia. Peguei o revólver na cômoda da sala, fui até o quarto e disparei cinco vezes contra aquele corpo que tanto amei. Apenas isso. Não fugi, não escondi a arma e não me arrependi. Os vizinhos se encarregaram de chamar a polícia, para quem confirmei calmamente a autoria do ato. Fui preso, conduzido à delegacia de homicídios e lá repeti o que já havia dito aos policiais que me flagraram: "Sim, isso mesmo, fui eu que matei".

Era para tudo estar resolvido e caminhar dentro do esperado. Preso, julgado e condenado e cumprir o tempo que o juiz ou o júri popular determinassem. Mas não foi bem o que aconteceu.

Parece que, por deformação profissional, a polícia se sente frustrada quando o óbvio é revelado. Ali, no meu caso, tudo estava esclarecido, sem delongas. Não era para render sequer uma nota de pé de página, muito menos tomar o tempo de autoridades, viaturas, escrivães e advogados. Com tantas ocorrências na cidade, balas perdidas, tráfico e latrocínio, não seria justo se ocuparem de mim.

As desconfianças começaram quando me recusei a responder ao delegado qual teria sido a motivação do homicídio. Me recusei mesmo, disse a ele que isso só interessava a mim e ao meu grande amor, questão de foro íntimo. Ele não admitiu tamanha clareza. Esbravejou que aquilo não era resposta, que eu estaria dificultando as investigações e que esse tipo de atitude iria me prejudicar no futuro.

Que imbecil, que despreparado. Onde já se viu pensar em futuro depois de assassinar o maior amor da sua vida? Esse cara, pensei, não sabe nada de amor, não sabe nada de futuro e estou começando a deduzir que não sabe nada também de crimes.

Imagina se eu vou expor minha relação afetiva numa sala infecta de um distrito policial. Tipos horrorosos chegam a todo instante. Feridos, algemados, alcoolizados, sujos, infames. E a maioria por motivos torpes. São ladrões, traficantes, prostitutas, toda laia que habita o lado escuro da humanidade. Eu jamais profanaria o nome do meu grande amor em um local dessa decrepitude.

Cometi o crime por volta de seis e pouco, fim de tarde, começo da noite, fim de vida. Na hora da ave-maria. Ela havia deixado meu lanche pronto na mesa da copa. Era uma alquimista. Conseguia transformar um pão com manteiga e café com leite em um manjar onírico. A pontualidade sempre foi regra em nossa convivência, e isso permitia que ela ordenasse matematicamente os afazeres. Quinze para as seis, fervia o leite e coava o café. Cinco para as seis, passava a manteiga no pão e o esquentava na frigideira. Às seis horas, deitava-se na cama e se entregava às orações, a Hora do Ângelus. Seis e quinze eu a matei, pontual e calmo, como sempre foi a nossa vida em comum.

Vinte anos de respeito e harmonia, sem uma briga, sem nenhuma discussão. Mulher prendada, meiga, cuidava da casa, dos armários e lustrava diariamente os móveis da sala, tudo com muito carinho, impecável, esplendorosa.

O fato de não termos tido filhos nem bicho de estimação nos transformara em um casal que vive na essência de existir um para o outro. E o beijo na boca era sagrado.

O imbecil do delegado declarou à imprensa que nenhuma linha de investigação seria descartada e prometeu, ao lado do governador, que a polícia daria resposta em vinte e quatro horas, no máximo, àquilo que chamavam de um feminicídio inaceitável. Quanta lorota!

Eu era proprietário de uma pequena fábrica de produtos de limpeza que funcionava em um galpão simples do subúrbio, e trabalhávamos nela apenas eu e dois funcionários. Nada majestoso, mas que rendia o suficiente para prover uma vida simples e sem ostentação. Desde os tempos de namoro, nos bastávamos. A rua não nos atraía, o supérfluo era o supérfluo e, no auge do desperdício, nos permitíamos uma garrafa de vinho e pedaços de queijo que ela fatiava como se fosse uma francesa, fatiava como ninguém. Também gastávamos com flores, margaridas e girassóis, uma vez por mês, dia quinze de cada mês, para celebrar o dia em que nos conhecemos. Ela, por sua vez, me comprava lenços de cambraia nos quais bordava as iniciais de meu nome e o desenho de um coração. Os lenços ficavam tão lindos que eu nem sequer os tirava da caixinha. Imagina se eu teria coragem de assoar o nariz em uma obra de arte. Não sei como funciona, mas, se me permitirem, quero levar esses lenços para a prisão comigo.

Pois bem, acredita que os jornais estamparam nas manchetes que "industrial mata esposa com cinco tiros e se entrega"? Que absurdo, eu, industrial? Se ela ainda estivesse viva, íamos rir muito lendo esse jornal. Mal sabem que era assim que ela me chamava: industrial. Ela tinha muito senso de humor. Essa brincadeira começou quando a levei para conhecer o galpão. Eu vivia prometendo a ela que, assim que a linha de montagem estivesse funcionando, eu a levaria para conhecer a Indústria de Produtos de Limpeza Sol Maior. Nem sei de onde tirei esse nome. Sol Maior. Que horror!

Acontece que no dia da visita da "primeira-dama", um dos dois funcionários contratados havia faltado e então eu e seu Joaquim fomos obrigados a suprir a mão de obra ausente, fazendo com que a linha de produção funcionasse apenas com os quatro braços disponíveis.

Desde então, ela só me chamava por essa alcunha: industrial. Era muito especial, o meu grande amor.

Por ter sido anunciado como industrial, o crime despertou mais ainda a atenção da imprensa e da população de maneira geral. Sempre achei curioso o fato de crimes e tragédias ocuparem tão intensamente a vida de pessoas que nada tem a ver com os fatos. Vira mania nacional. Todos têm uma versão, apostam, discutem, tomam partido. Se os envolvidos forem ricos, aí então o sucesso está garantido.

No meu caso, já falam em crime passional, adultério, privação de sentidos. Já falaram até em homossexualidade, falência e magia negra. Diante de tanto absurdo, o imbecil do delegado repete a mesma ladainha, "nenhuma linha de investigação está descartada".

Já se passaram quatro dias do assassinato e os caras não saem da minha cela, fazendo perguntas absurdas, buscando hipóteses inexistentes, investigando nosso passado, vasculhando nossas gavetas. Só tenho medo é de que algum desses patifes acabe descobrindo meus lencinhos de cambraia e os roube. Ainda bem que minhas iniciais estão gravadas, mas sei lá, ladrão não respeita sentimento de ninguém.

Agora querem fazer a reconstituição do crime com a presença da imprensa. Parece que uma comissária da delegacia fará o papel do grande amor da minha vida, que horror! Está para nascer mulher neste mundo que possa substituí-la, mesmo que seja em uma encenação. Vou perguntar se posso me recusar a isso. Se for possível, não irei. Se já não é fácil cometer um crime pela primeira vez, imagina ter que repetir. Esses caras não sabem nada sobre os criminosos.

Me impressiona o ódio que as autoridades sentem com meus depoimentos. Eu é que deveria sentir ódio diante de tamanhos absurdos que banham o interrogatório. Querem porque querem que exista uma terceira pessoa envolvida no assassinato do grande amor de minha vida. Inventam amantes. Amante para mim, amante para ela. Pacto de morte também é recorrente. Aventam a hipótese de que teríamos feito pacto de morte e que na hora agá teria me faltado coragem para colocar fim à minha vida também. Querem me colocar a pecha de covarde, traidor. Vasculharam papéis em busca de uma hipotética apólice de seguros que justificasse o crime. Solicitaram exame psiquiátrico e o médico que me examinou quase vai à loucura, me classificando como uma "caverna inexpugnável, impossível e perigosa de ser penetrada". Eu, caverna? Era só o que me faltava.

Refizeram os meus passos e os passos dela. Foram ao subúrbio para checar uma informação anônima de que semanalmente ela frequentava uma humilde casa, sempre no período da manhã, impreterivelmente às quintas-feiras; por coincidência, mesmo dia em que ocorreu o fato e que também, por coincidência, ela lá estivera. Deram com os burros n'água.

A tal casinha humilde de um subúrbio esquecido é a residência de dona Ana Maria. Ana Maria foi babá do grande amor da minha vida. Foi uma segunda mãe, uma verdadeira sogra para mim. Uma mulher valente, trabalhadeira e que moldou muito a personalidade da minha amada. Ana Maria não parou de trabalhar nunca, pararam com ela. O diagnóstico foi osteoporose grave, com hipertensão e, assim, decretaram sua inatividade. Desde então, passamos a lhe suprir as necessidades. Às quintas-feiras, além da visita afetiva, fornecíamos a ela comida congelada, material de limpeza, água potável, sabonete e remédios. A vela de sete dias, que acendia em homenagem aos seus orixás, era também imprescindível. Com gigantesco esforço, com certeza dona Ana Maria deve ter comparecido ao sepultamento da minha deusa. A polícia, definitivamente, não entende nada de dona Ana Maria.

Fico me lembrando de algumas passagens da minha vida com a minha doce amada e que agora, nessas circunstâncias, reaparecem de maneira curiosa. Tínhamos o hábito, pouco usual entre as pessoas, de lermos juntos o mesmo livro. Eu lia trechos em voz alta e, quando me cansava, ela retomava a leitura do ponto em que eu havia parado para, assim, devorarmos páginas e páginas de literatura. Gostávamos muito de romances policiais, mistérios e, vez por outra, clássicos russos.

Recordo-me que era recorrente personagens típicos, como advogados, juízes, promotores e policiais, repetirem frases, jargões e lugares-comuns tais como "ninguém é obrigado a produzir provas contra si mesmo", "você tem o direito de permanecer em silêncio", "tudo o que você disser poderá ser usado contra você", "você tem direito a um advogado e, caso não possa contratar um, você deve recorrer à defensoria pública" e por aí vai.

Esses bordões funcionavam nos romances, aqui não. Recusei advogados, álibis, entrevistas. Recusei-me e sempre recusarei também a revelar os motivos do crime, ainda que isso possa me custar a vida.

Os casais, ainda mais os que se amam profundamente, guardam segredos entre si: irreveláveis, íntimos e até profanos. O que se passa entre dois corações nem o mais renomado cardiologista pode adivinhar, pode saber. Nem padres, bispos, amigos ou parentes devem ter acesso ao íntimo dos que se querem. Muito menos um delegado de polícia.

Um crime confesso, com prisão em flagrante, já é um crime em si. Querer transformar em crime o respeito que guardo pela memória de minha "devoção em formato de mulher" já me parece uma arbitrariedade.

Decidi fazer greve de voz. Não abro mais a boca, não ouvirão um pio sequer partindo de mim. O problema agora é deles, tudo o que me cabia fazer eu fiz: matei, me entreguei, confessei. Nada mais a declarar.

Estão me classificando como frio e calculista, psicopata, assassino por motivo torpe, perigoso para a sociedade. Pouco me importa, terão que tirar suas próprias conclusões sem meu auxílio.

Recuso-me a receber visitas, recuso-me aos banhos de sol e estou quase me recusando a aceitar essa intragável alimentação que nem de longe se assemelha ao sabor das lasanhas, das carnes e dos temperos caseiros que me foram servidos pelas mãos de minha incomparável e saborosa *masterchef*.

Quinta-feira, depois do sexo, do banho e do amor, tomamos café da manhã juntos. Assistimos ao noticiário matinal e fizemos um pequeno comentário sobre o alto índice de analfabetismo que tomava conta do país. Nos declaramos, com bom humor, analfabetos funcionais e saímos juntos. O trânsito lento e a poluição nos incomodavam sempre. Fizemos o percurso com o rádio ligado e nos chamou atenção um anúncio que oferecia viagens de navio ao Caribe, viagens de avião à Europa e viagens de trem para cidades turísticas do interior fluminense. Olhamos um para o outro carinhosamente e, nesse olhar, ficou explícito que haveríamos de seguir viagem juntos. Eu a deixei na casa de dona Ana Maria, a quem dei um forte abraço antes de ir para a Indústria de Produtos de Limpeza Sol Maior, e recebi um afetuoso "vá com Deus, meu industrial".

Trabalhei normalmente com seu Joaquim, um pouco resfriado naquele dia, e com Ramiro, o nordestino "cabra da peste", que se dizia tataraneto de Lampião. Paguei contas, recebi pedidos e despachei entregas. Contribuí com as crianças que recolhiam dinheiro com intuito de decorar a rua onde se situava a fábrica, em homenagem à seleção brasileira de futebol. Estava se aproximando mais uma Copa do Mundo.

Almocei uma salada verde com um bife grelhado que levei de casa em um Tupperware muito bonito, azulado, que havíamos comprado semana passada na feira de utilidades domésticas.

Fiz o percurso de volta ouvindo música, informações sobre o trânsito e, de novo, o anúncio de viagens por locais paradisíacos. Um garoto lavou o para-brisa do carro e outro ofereceu amendoim e balas enquanto uma van escolar, com o pneu furado, atravancava o fluxo.

Cheguei pontualmente ao prédio de nossa residência e, antes de colocar o carro na garagem, observei rapidamente a poda de árvores que estava sendo executada por funcionários da prefeitura. Sinto pena de ver os galhos serem serrados, mas sei que é necessário.

Na hora exata, a mesmíssima hora de vinte e tantos anos, abri a porta de casa. Fui ao banheiro, lavei as mãos e as enxuguei com a toalha bordada por ela, sentei-me na mesa e fiz meu lanche. Café com leite, pão com manteiga e, excepcionalmente, pela primeira vez em anos e anos de rotina, ela deixara dois gomos de tangerina em um pires. Estranhei a presença inusitada da tangerina, mas segui em frente. Abri a gaveta da cômoda, peguei meu revólver Taurus, calibre 32, verifiquei o tambor e me dirigi ao quarto. Ela estava deitada, como sempre. Talvez dormindo, talvez orando, talvez apenas à minha espera. Eram seis e quinze da tarde e, bem próximo ao seu corpo, disparei cinco vezes, sem intervalo, os tiros que ceifaram a vida do meu maior amor.

O resto da história todos já sabem. Agora vou a julgamento e lá repetirão as mesmas perguntas, as mesmas acusações, os mesmos lero-leros que todos já sabem. Mas o que todos querem de fato saber, e que nunca saberão, é quais foram os motivos que me levaram a praticar aquele ato. Vão morrer sem saber. Esse segredo pertence somente a mim, ao grande amor da minha vida e a mais ninguém.

Desistam, senhoras e senhores, desistam. Se tivesse sido o contrário, tenho certeza de que ela também não revelaria nosso segredo para ninguém. O amor tem dessas coisas. O amor também é feito de segredos, o amor também tem começo, meio e fim.

Não ter o que fazer, não saber o que fazer, mas fazer sempre, cada vez mais. Era esse mais ou menos o lema de vida, o *modus vivendi* daquele velho senhor. Creio que possui passado, possuiu família, profissão e prestígio. Agora, vive sozinho, cuidando do jardim, fazendo reparos, acariciando ferramentas.

Não chega a ser antipático, mas conserva uma vida hermética e, para muitos, misteriosa.

Desde que se mudou para a casa em frente à minha, e já se passaram cinco anos, não tenho notícias de que tenha recebido visitas ou mesmo correspondência. Pela janela, percebo a luminosidade de uma tela que, por ter poucos movimentos, lembra mais a tela de um computador do que a de um aparelho de televisão. Mas será que um homem tão idoso consegue se conectar virtualmente com alguém?

Aos domingos, a fumaça no fundo da casa e o aroma que ela espalha me dão a certeza de que o Velho aprecia churrasco. Assa e come sozinho suas iguarias.

Seu jardim é lindo. Rosas, flores e plantas espalhadas com bom gosto e sabedoria. Para o lado de fora dos muros, deitam buganvílias de várias cores diferentes. Não tem cachorro, não tem gato nem passarinho. Quando sai e não se sabe para onde vai, usa uma antiga bicicleta de rodas exageradamente grandes, fora do tempo, fora de época. Suas saídas são curtas e seu pedalar, ligeiro.

Em uma tarde de muito calor, eu o vi de short, dividindo com as plantas a água que saía da mangueira. Me pareceu saudável e conservado para sua idade, apesar de que não faço a menor ideia de qual seja a idade do Velho Senhor.

Na casa ao lado, moram duas irmãs. São moças relativamente jovens, filhas de um fazendeiro e estão na cidade para concluir seus estudos. São bonitas e discretas. Era de se esperar que duas meninas morando sozinhas, longe dos pais, promovessem encontros, festinhas, entra e sai e recebessem serenatas nas noites de luar. Não acontece. Creio que a dureza de estudar Medicina e Engenharia ocupa todo o tempo das duas. Percebi que são religiosas, do tipo que comunga e frequenta missas dominicais. Estão sempre juntas, saem pela manhã e regressam à noite. Apesar de irmãs, têm tipos físicos bastante dessemelhantes. Poderia mesmo dizer que uma é filha do Sol e a outra, filha da Lua. Uma tem cabelo liso e a outra, cabelos encaracolados. São os mistérios genéticos que a futura doutora com certeza tentará decifrar.

Em um entardecer, pude observar que a estudante de Engenharia estava chorando no alpendre da casa. Era um choro discreto, contido, me pareceu melancolia, não sei bem. A estudante de Medicina tentava consolá-la e, no fim, as duas estavam chorando.

Por serem ocupadas, não cuidam do jardim. Aliás, nem jardim a casa tem, apenas uns canteiros murchos. Uma vez, logo que elas saíram para a universidade, eu vi o Velho Senhor jogar por cima do pequeno muro que o separa das estudantes uma porção de sementes. Jogou as sementes e, em seguida, molhou o terreno alheio. A aridez do terreno vizinho o incomodava e não tardou para que alguns girassóis emergissem. Por incrível que pareça, as moças não notaram a presença exagerada dos girassóis. Ou então atribuíram o aparecimento das flores à teimosia da natureza, que insiste em florir os quintais. Medicina e Engenharia tomam muito o tempo e ofuscam a beleza dos girassóis.

Do lado esquerdo da casa do Velho Senhor, reside uma família numerosa. Entre netos, filhos, noras e genros deve transitar por lá mais de vinte pessoas. Eles são agitados e barulhentos. A casa parece mais uma pensão ou um hotel. As portas permanecem abertas dia e noite e, como se não bastasse a confusão das pessoas, ainda tem os bichos, os animais.

Desde tartaruguinhas, que as crianças menores sacolejam de um lado para o outro, como se fossem bolas, até galo, passando por papagaio falante, quatro cachorros, um mico-leão-dourado e uma gata triste.

São festeiros e lembram um acampamento cigano. Às sextas-feiras, batem tambor e cantam para orixás. As festas religiosas começam no fim da tarde e terminam com o raiar do sol. Apesar de algumas discussões mais exaltadas e raras, me parece uma família que encontra a harmonia na maior parte do tempo.

A casa deles destoa bastante das demais. Por necessidade, para amparar a todos, foram construindo cômodos uns em cima dos outros, já contando atualmente com três andares. O curioso é que a obra não conta com engenheiro ou especialistas. Eles mesmos se encarregam da arquitetura e da parte cível. Eu os chamo de "família mutirão". Nos meses de junho e julho, eles mantêm uma fogueira acessa em homenagem à João, Antônio e Pedro, santos bem humildes.

Percebi que um outro vizinho do Velho Senhor tem tido problemas com a polícia. Parece alguma coisa muito grave, pois até viaturas do exército nacional estacionaram em sua porta. Comenta-se que ele pensa de maneira contrária à ordem estabelecida e sonha em transformar a realidade social do país. Aventa com a possibilidade de todos terem direitos iguais e prega que saúde, educação, saneamento e moradia seriam garantias que o Estado devia aos cidadãos. Ele falava muito em eleições livres e liberdade de pensamento. Está preso. As autoridades recolheram muitos livros de dentro de sua residência. Livros perigosos, comenta-se.

Na rua transversal, mora uma menina cujo nome é Cleide. Ela se prostitui, vende o corpo por dinheiro. O pai abandonou a mãe antes de Cleide nascer. Ela é muito bonita, veste-se de maneira insinuante e pouco se importa com os comentários maldosos, repletos de preconceito, que fazem sobre ela. Percebo que Cleide causa inveja na vizinhança. Enquanto muitas mocinhas de sua idade estudam e trabalham no comércio, salões de beleza e mercearias, Cleide se prostitui e, com isso, aufere ganhos extremamente maiores que as chamadas "moças de bem". Cleide comprou um carro. Um carro de segunda mão, mas que lhe permite não depender mais das conduções desconfortáveis, sujas e apertadas que o transporte coletivo oferece.

Percebi que Cleide lança olhares provocadores quando passa diante do Velho Senhor. Ele não se abala. Talvez esteja em uma fase da vida em que o erotismo e o sexo não tenham mais lugar.

Existe uma ideia de asfaltarem nossa rua. Muitos funcionários públicos aparecem por aqui fazendo medições, fotografando, anotando informações em uma prancheta. Essa perspectiva tem dividido a comunidade. Tem os que aplaudem e os que fazem restrições. Asfalto é bom para diminuir a poeira, mas traz junto muitos problemas. Na rua de baixo, que já foi asfaltada, por exemplo, é crescente o número de morte por atropelamento. Além de pessoas, os carros também atropelam e matam animais. Cachorros têm preferência. No fundo, não adianta nada ficar brigando por certas coisas. Na hora da decisão, as autoridades fazem o que bem entendem. Não pedem opinião de ninguém. Eu não sei ainda se sou a favor ou contra o asfalto. Gostaria mesmo é que colocassem água encanada em nossa rua e espalhassem algum veneno forte para matar os mosquitos. Vamos aguardar.

Eu tenho me sentido cansado, com entusiasmo diminuído. Não é muito simples observar a vida dessa janela. Por vezes, passam-se horas e horas sem que nada de novo aconteça. Quando o marasmo domina minha rua, aproveito para entender a natureza. Gosto demais de ver o movimento do vento, o crescimento das folhas e o vai e vem das formigas. Pouca gente sabe, mas as formigas pertencem ao mesmo grupo que as abelhas e as vespas. Por isso, elas também têm a formiga-rainha e formiga-operária. Elas habitam o mundo inteiro e só não existem formigas no Polo Norte e no Polo Sul. Aqui, no quintal de minha casa, já me deparei com muitas espécies. Já vi formiga-fantasma, formiga-faraó, pixixica, acrobática, cabeçuda e quenquém. Mas as minhas prediletas são as formigas loucas, urbanas. Elas se chamam loucas devido ao andar irregular, em semicírculos. Para mim, são as mais parecidas com o ser humano, nem sei por que, mas é o que eu acho.

Isso aqui já foi mais animado. As crianças cresceram e já não brincam mais na rua. Sinto falta dos jogos de futebol, cinco casinhas, bete e pique-esconde. Me distraíam bastante. As mudanças pouco acontecem também. Parece que todo mundo já se fixou. Não chega novidade e ninguém vai embora. Era bom ver o caminhão ou a carroça descarregando a mobília. Só de enxergar as tralhas alheias dava para conhecer a família. Dava para ver se eram ricos ou pobres, da roça ou do interior e até a religião que professavam.

A última mudança que chegou aqui foi a do Velho Senhor e nela não veio quase nada. O objeto que mais me chamou atenção foi realmente a bicicleta antiga, de rodas gigantes.

Não tem ninguém na redondeza que eu não conheça, que eu não saiba o histórico de vida. Sei o que comem, o que cantam e o que rezam. Sei se são felizes ou tristes. Se dormem cedo ou sofrem de insônia. Conheço o canto de cada galo, o voar de cada passarinho e não comento com ninguém as coisas que sei, que aprendi.

Não posso dizer que são meus amigos, pois raramente alguém me dirige a palavra. Mas, com o tempo, acabei por me afeiçoar a quase todas essas pessoas, a quase tudo o que me restou da vida.

Acredito que meu destino era mesmo observar a vida pela janela de casa. E para isso (ou por isso), Deus me arrancou as duas pernas. Quem não pode andar voa. Acho que, mesmo parado, caminhei com a imaginação muito mais léguas que o foguete Sputnik.

Dependo muito de meus vizinhos, de quem passa por minha rua. Sem a vida deles, eu não teria a minha, eu não seria ninguém. Me alegro, sofro com (e por) eles, me preocupo e faço tudo para ajudar cada um a superar seus sofrimentos. Sei que só ajo com o pensamento, mas besta daquele que não acredita na força que o pensamento tem. Procuro usar essa força da melhor maneira possível, mas, às vezes, eu fracasso.

Agora, por exemplo, não consegui evitar um atropelamento na rua asfaltada, a rua abaixo da minha. Tentei e não consegui, fiquei muito triste em perceber que, de tudo, restaram apenas as rodas empenadas de uma bicicleta gigante, fora de época, misteriosa e bela como os jardins floridos do Velho Senhor. Que Deus o tenha!

Eu varro chão. Também limpo vidraças, limpo banheiros e recolho lixo. Já cuidei de plantas, aparei gramas e completei o quarto ano primário.

Servi o Exército e lá aprendi a profissão de jardineiro e faxineiro, apesar de que o que eu gostaria mesmo era de ter aprendido a dirigir caminhão, jipe e tanque de guerra. Não deu, fiquei na saudade.

Reclamo muito pouco da vida. Até porque não tem muita valia ser reclamão. Geralmente, quem reclama perde ou reclama porque já perdeu.

Moro em um bairro distante, distante de tudo, distante de qualquer outro lugar. Vou para casa de trem e fico muito triste ao ver a sujeira que os passageiros deixam para trás. Um lugar limpo é tão mais bonito que um lugar sujo que não consigo entender por que as pessoas sujam os lugares limpos. Se sujeira fosse bom, atraía borboletas, passarinhos, beija-flores. Ao contrário, sujeira atrai muito rato, barata e doenças. Sem falar no mau cheiro.

Não sou de falar da vida alheia e muito menos de criticar o semelhante. Mas tem gente que não cuida nem da limpeza do próprio corpo. Deixam o sovaco feder, a boca transmitir mau hálito e vivem de uma maneira como se essa porcariada toda não incomodasse os outros. Acho que é falta de educação. Você não precisa ser rico para andar limpinho. É só querer.

Eu estudei pouco, mas penso muito. Gosto de pensar e, como quase não sobra tempo, aproveito essas duas horas no trem para isso.

Penso na vida, em como muita coisa que é de um jeito poderia ser de outro. Penso nas invenções novas, nos tempos antigos. Penso tanto que, com o sacolejo do trem, muitas vezes adormeço pensando. Acho que pensar é uma maneira de sonhar acordado. Deve ser. Eu descobri também que pensar é uma coisa e lembrar é outra. Quando a gente pensa, pode pensar em coisas novas que nem existem ainda. Lembrar não, a gente só se lembra de coisa velha, coisa morta, coisas que já passaram. Por isso, gosto muito mais de pensar do que de lembrar.

Outro dia mesmo, eu fiquei pensando que se o mundo é tão grande, qual é a necessidade de ficar todo mundo morando amontoado, uns em cima dos outros?

Pensei nisso quando viajei de ônibus para visitar minha mãe. Fui daqui até a casa dela pensando. Três dias e duas noites de viagem, e eu olhando pela janela, vendo tanta terra, tanto mato, tanta montanha sem ninguém morando e me magoando com tanto desperdício.

No meu entender, se as casas fossem mais esparramadas, ia ser melhor para todo mundo, nem prédio ia precisar ser construído. Será que nunca um engenheiro pensou nisso? Acho bom ir logo dizendo que eu só penso fora do trabalho, nos intervalos e nas folgas. Quando estou trabalhando, só trabalho, não penso. Até porque ficar pensando durante o trabalho não é bom. Distrai a mente, atrasa a tarefa e a gente ainda pode quebrar alguma coisa de valor ou até se machucar.

Outra coisa que eu sou bom é em aprender. De tudo eu tiro uma lição. Não presto atenção na conversa alheia, mas quando as vozes chegam aos meus ouvidos, deixo entrar. Como limpo muitos ambientes diferentes, acabo ficando perto de pessoas formadas. Muitos médicos, engenheiros, secretárias, advogados e até estrangeiros falando outra língua diferente do brasileiro.

Quando limpava uma agência de banco, via muita gente triste, com as sobrancelhas cerradas, falando com o gerente. E não era gente pobre, não, era gente bem-vestida, usando sapatos bons, com as unhas cortadas, mas dava para ver que estavam com problemas. Eu percebia isso no jeito do gerente tratar as pessoas. Quando era para levar dinheiro para o banco, ele tratava de uma maneira, quando era para pedir dinheiro para o banco, ele tratava de outra. Até uma mulher chorando eu vi uma vez. Acho que era uma viúva que o marido deixou sei lá o que para ela pagar. Não sei quanto era, mas não era pouca coisa, não. Senti uma pena danada dela, sem marido e sem dinheiro. O gerente nem ligou.

Outro lugar em que aparece muita história triste é hospital. Eu limpava uma enfermaria e toda hora era uma desgraça diferente. Doença não escolhe idade nem cor. Pega qualquer um a qualquer hora e em qualquer lugar. Lá era vinte e quatro horas por dia chegando desmantelados e lá eu trabalhava de luvas pra não pegar infecção.

Não gostei muito desse tempo, achei o ambiente triste, o lixo sujo. Um amigo me disse que de hospital só servia limpar maternidade. Como na maternidade mais nasce gente do que morre, os semblantes ficam mais felizes. Ainda bem que meu chefe me transferiu rápido lá da enfermaria. De tanto ver gente doente, a gente acaba adoecendo também. Deus me livre.

Limpei um escritório muito elegante e rico no centro da cidade. Todo mundo que trabalha com faxina tinha vontade de trabalhar ali também. Prédio alto, quinze elevadores, garagem e praça de alimentação dentro do prédio. Coisa de cair o queixo mesmo.

Era uma firma de representação. Mexiam com papelada, com dólar, com a China, computador. Era coisa séria, coisa de gente graúda. Fiquei por lá uns cinco meses e, por ser de confiança, era eu que limpava a sala do presidente da firma. Era pouca coisa que eu sabia e por isso mesmo a polícia federal nem fez questão de me prender quando invadiram o escritório e levaram muito dinheiro nos malotes, algemaram uma porção de gente e prenderam até umas pinturas bonitas que estavam penduradas na parede. Eu nunca vi nada, mas disseram que ali era lavagem de dinheiro. Brinquei com o policial que me perguntou se eu já tinha visto uma movimentação estranha no escritório. Respondi: "Que nada, doutor, eu só entendo mesmo é de lavagem de chão".

Amanhã, domingo, é minha folga. Assisti na televisão que muitos artistas e gente que também não é artista vão se reunir na praia para celebrar o Dia Mundial do Meio Ambiente e que vão recolher lixo da areia e do mar. Resolvi ir até lá. Quem sabe se com a minha experiência eu vou poder ajudar também. Não custa nada ajudar.

Eu vou, mas, de verdade, eu juro que já pensei e penso muito nessa coisa de lixo e de sujeira e, mesmo não sendo bom em Matemática, pelos cálculos que fiz, não vai adiantar nada. Pensa bem, se tem um pra limpar, tem dez pra sujar. E com esse tanto de pessoas morando amontoadas umas em cima das outras, o mais certo é que não demora, todos nós vamos virar lixo também. Foi nisso que fiquei pensando hoje. Mas amanhã eu vou limpar a praia com os artistas. Quem sabe, né?

Tenho inventado muitas histórias a meu respeito, umas boas, outras ruins. Se a vida se alongar, alongarei com ela as minhas peripécias. Ontem uma criança me perguntou por que eu não estava sorrindo. Não soube responder, não soube sorrir.

Uma amiga me liga perguntando se está tudo bem e digo que sim, minto para encurtar a conversa. Ela me conta que teve um sonho horrível comigo e que não conseguiu mais dormir, por isso estava ligando.

Agradeço a preocupação e reafirmo que Deus saberá cuidar de todos nós. Pobre amiga! Como se não bastassem meus sonhos.

Ao longo dessa jornada fui tentado a apagar os delírios para não me delatar tanto. Era recorrente a indagação se meus relatos teriam alguma utilidade se não a de me aliviar, me desfazer do caos em que transformei meu dia a dia. Vou carregar as dúvidas na garupa de minha insanidade, me fingir de morto para ver quem vem ao enterro.

Espero que os senhores e as senhoras me compreendam e me perdoem, se for o caso. Escrevi por ser impossível deixar de fazê-lo. Sem nexo, *sexus* ou *plexus*. Serei o autor do best-seller de maior fracasso da atualidade. Mil perdões, literatura.

Talvez eu tenha deixado algumas almas satisfeitas e muitas outras indignadas. Fiz o que pude, fui até onde a preguiça deixou. Dizer que estou exausto seria um pleonasmo, dizer que estou animado uma embromação. Estou como sempre estive, perplexo.

Não sei se garimpei almas ou se fui garimpado por elas. Deixei apenas minhas portas abertas e não exigi credencial de ninguém. Enterrei o senso crítico, que descobri que nunca tive, e atirei sem direção. Hoje sei o que é ser uma bala perdida e, com certeza, vocês agora sabem o que é ser o alvo dela.

Ouvi certa vez da boca de um piloto que se recusava a voar com o tempo ruim que seu lema era o de que "a decolagem é opcional, e a aterrissagem obrigatória". E não decolou. Bem fez ele, mal fiz eu que decolei e agora não avisto pista para pousar.

Tetéu é um pássaro insone do Nordeste que nasce com esporões entre o corpo e as asas. Voa dia e noite até morrer. Se fechar as asas, morre, se adormecer, morre e morre exatamente por não fazer nem uma coisa nem outra. Não se desesperem, leitores, não tenho a disciplina do piloto nem a perseverança dos tetéus. Essa viagem é curta.

Fui alugado por vozes e espíritos que necessitavam de abrigo e não hesitei em sublocar com vocês tão caótica moradia. Meu peito continua oprimido e o nó da garganta parece ser para sempre. Vou encerrar única e exclusivamente em respeito ao fim. Pausa, intervalo, interregno, alívio, parada técnica, sei lá que nome dar a isso que vou fazer agora. Me despedir com um até breve ou com um até nunca mais.

Certo é que dificilmente me renderei novamente às diabruras das almas errantes. Elas que busquem outro eleitorado. Elas que visitem as festas literárias, academias, editoras. Lá encontrarão gente competente, profissionais talentosos e que dominam a arte de traduzir angústias alheias.

Quanto a mim, esqueçam. Tenho mais o que fazer. Ainda hoje me encontrarei com bruxas e duendes, vampiros e lobisomens, monstros e até mesmo uma brasileiríssima mula sem cabeça, todos esses que me pedem apoio e atenção. Não posso me recusar. Afinal, sem a companhia dessa gente, eu realmente não saberei o que fazer de minha vida. Então, até.

AGRADECIMENTOS

Desireé Nercessian
Armenia Nercessian
Xavier de Oliveira
Valéria Martins
Luiza Lewkowicz
Batista Custodio
Ginaldo de Souza
Vilmondes José de Sousa
Antonio José de Moura
E a todos que me honraram com a convivência neste
tempo de vida.

Copyright © 2021 Stepan Nercessian
Copyright desta edição © 2021 Tordesilhas

Todos os direitos reservados. Nenhuma parte desta edição pode ser utilizada ou reproduzida – em qualquer meio ou forma, seja mecânico ou eletrônico –, nem apropriada ou estocada em sistema de banco de dados, sem a expressa autorização da editora.

O texto deste livro foi fixado conforme o acordo ortográfico vigente no Brasil desde 1º de janeiro de 2009.

CAPA Amanda Cestaro
IMAGEM DA CAPA CEDIDA POR Vilmondes Sousa
PROJETO GRÁFICO Cesar Godoy
PREPARAÇÃO Franciane Batagin | Estúdio FBatagin
REVISÃO Carolina Forin e Elisa Martins

1ª edição, 2021

Dados Internacionais de Catalogação na Publicação (CIP)
(Câmara Brasileira do Livro, SP, Brasil)

Nercessian, Stepan
Garimpo de almas / Stepan Nercessian. – 1. ed. – São Paulo : Tordesilhas Livros, 2021.

ISBN 978-65-5568-013-3

1. Ficção brasileira I. Título.

21-54525 CDD-B869.3

Índices para catálogo sistemático:
1. Ficção : Literatura brasileira B869.3
Aline Graziele Benitez - Bibliotecária - CRB-1/3129

2021
Tordesilhas é um selo da Alaúde Editorial Ltda.
Avenida Paulista, 1337, conjunto 11
01311-200 – São Paulo – SP
www.tordesilhaslivros.com.br

/Tordesilhas /Tordesilhaslivros
blog.tordesilhaslivros.com.br

Este livro foi composto com as famílias tipográficas
Electra e Abadi. Impresso para a Tordesilhas Livros em 2021.